酔狂に生きる

曾野綾子

酔狂に生きる　†　目次

第一章　危険や不安を承知で、自由を取れるか

第二章　人間の能力の限界など、たかがしれている

第三章　焼き尽くすほどの恋に溺れれば、必ず火傷する

第四章　安心して暮らせる保証などない

第五章　人生の選択は、損得で決めることではない

第一章　危険や不安を承知で、自由を取れるか

美と酔狂に殉じたい
――信念のために命を捧げることができるか

一九三一年に生まれた私が、思いがけず二十一世紀まで生きてしまうことになった。これは望外の幸運である。人は自分の力だけでは生きられない。自分が生かされている国家と社会の状況、それに家族の愛が必要だ。

深い感謝は別として、私は寿命に関してだけは、深く考えないことにしている。この世には自分で動かし難いことが多くて、私たちは自分の生を時の流れや運に任せる他はない。命の期限もその一つである。もちろん長寿は希望した方がいいし、健康に留意もするが、希望や努力は結果と完全には結びつかない。初めから願いは叶って当然と思わないことに、私は自分を馴らそうとして来た。

私は昔から、一人の人間の体験の結果としての知恵や感情を伝達することは、そもそも不可能だと思っている。戦争を語り継ぐということが信じられていて、それは決して悪い行為ではないが、現実には恐らく不可能であろうし、あまり効果もないだろう。そんなことができれば、人間はこんなにもよく似た形で、数百、数千年にわたって愚行を繰り返して来たりはしないのである。

その結果として、私たちは二つのことが言える。

一つは人間は変わらない、という原則である。

もう一つは、人間は或る程度意識的に（悲しみと共に）無責任でなければならない、ということだ。後世に自分の得た教訓を生かそうなどとしたら、恐らく死ぬに死ねなくなるほど、思い上がるであろう。

ずっと以前、国立劇場で、水谷八重子主演の新派公演で『滝の白糸』を見るまで、私は泉鏡花の原作を芝居にしたものを見たことがなかったのである。有名な水芸の場は写真で何回も見たけれど、実際に舞台の上で見たことはなかったのが、少し残念であった。私は芝居そのものよりも、扇子や衣裳の先から水が噴き出るというそのカラクリ見たさだけに、劇場に行ったと言ってもいい。

しかし、この芝居は心を打つものであった。不勉強な私はその時、鏡花の原作も手元になかったのだが、その時代の日本語の優雅な含みのある表現が今は全く失われた日本人の美学・哲学・精神の構造をごく平易な形で語ってくれているのを発見したのである。

原作と脚本はかなり違っているかもしれないが、私同様、この芝居を見たこともなく、粗筋さえ知らないという世代のために、簡単にストーリーを述べると、水芸を出し物とする寄席芸人の一座の座長である滝の白糸は、偶然、経済的な苦境から東京で法学の勉強をするのを諦めかけている村越欣弥を知る。白糸は欣弥に惹かれ、彼のために学費を出すパトロンになるのである。

自らの立場をよく知っている白糸は、欣弥と結婚することなどを夢見たりはしない。二人は教養も身分も違う。そんなことをしたら、欣弥の出世の妨げにもなることを、白糸は知っているのである。

しかし水芸は次第に見物にあきられる。水を使う見せ物は、夏にはいいが、秋から冬になると「季節はずれ」の感じで人気が落ちるのである。白糸は金の工面に苦労するようになる。しかも知り合いの南京出刃打ちの寅吉に商売ものの刃物で脅されて、欣弥に送る最後の金を奪われた白糸は、行きずりの家に助けを求めに入ったつもりで、もののはずみで主人夫婦を刺殺して、目前にある金を奪うことになる。最後の仕送りの金であった。

この芝居の見せ場は、晴れて検事代理として着任した欣弥と、証人喚問された白糸が金沢法廷で出会う場面である。

寅吉所有の出刃が夫婦刺殺の現場に残されていたので犯人だと疑われた寅吉は、実は面の割れている自分から金を奪われたのに、一向にそういう事件を知らない、金を取られたこともない、と言い張る白糸が怪しい、と陳述することで、自分にかけられている殺人の疑いを晴らそうとする。

そこで初めて白糸が、三年前、浅野川の河原、卯辰橋の下で生涯を誓った或る男（実は欣弥）に学資を送り続けていること、しかし「おかみさんになりたい」とは口が腐っても言わない白糸が、凶行の夜、寝言に「おかみさんにしてください」と呟いていた話も一座の男の証言として語られる。

寅吉の弁護人は白糸を証人喚問することを申し出る。裁判長は白糸が予審廷の調べに対して、将来を約束した男があるとは申し立てているが、ついに名を秘し続けている点に対して尋問する。すると白糸は、将来を約束して、他人じゃない、とその人も言い、生涯を約束して手を取り合いもしたけれど、「でもそれは、その晩あんまりお月様が綺麗だったので、つい浮かされての酔狂だったんです。だからあの時のお言葉きり、そう思っております」と言う。

それならその後三年間に、三百円を越える送金を続けたのはなぜだったか、という裁判長の問いに、白糸は、

「ですから、幾度も申し上げております。私の酔狂でございますから、と」

ひさしぶりに聞く、酔狂という言葉であった。八重子はこの言葉を、高いトーンで、ゆっくりといとおしむように、しかし昂然とした艶やかな自嘲の響きを込めて口にするのである。

すばらしい日本語であり、痛烈な現代批判であった。現代の人は、「人道」や、「人権」や、「正義」のために、行動するという。実際に行動している人ももちろんたくさ

んいるが、言葉だけだったり、署名だけだったりする人が大半らしい。そこには、自分が辛いほどの大金を拠出したり、危険を承知で現場に出かけたりする人は、極く少数である。

　私たちは、自分の善意の心から、ひまのある時だけ活動の手伝いに行ったり、署名したりすることで、自分はその行動に参加し、いわば同志になったと思う。しかしユダヤ人は決してそうは考えないのだ、という。ユダヤ人にとって、「同志」としての証を行動で見せる時には二つのものを差し出さなければならない。それは「血と金」である。同志《ダミーム》という言葉自体が、血と金を表すのだという。

　人間が人生で、これが自分の行くべき道だ、と思う時、人は必ず二つのものを差し出すはずだ。生はんかなものではない、出すのが辛いと思うほどの金か、さもなくば命である。しかしこんなことは現在の日本では意識の中にも上らない。むしろ破壊活動をしている人たちの方が、自分たちは命を的に闘っている、と言うであろう。

　滝の白糸は、愛する男を一人前の検事にするための最後の金を得るために、殺人を犯す結果となり、そのために、愛した男の関係している法廷で死刑の判決を受ける。彼女の行為は、金と命のどちらをも捧げたことになる。

もちろんこうしたことは誰にでもできることではない。私も命を捧げることなどコワイから、遠藤周作氏が生きておられた頃から、カトリック作家の中で、「カトリックがご禁制になったらすぐ棄教する会」（そういう会が実際にあるわけではないが、精神的な）の会員の一人として登録したつもりであった。登録したということは、当然「うしろめたさ」と「人間失格」を意識したものであった。

私はその思いも大切だと思っている。人は自分が間違えない、と思うより、間違えると思っている方が、自然で人間的だ。もちろん世の中にはそうでない人がいる。自分は人倫の道を決して踏みはずさない、と断言し、その通り正しいことを貫ける人もいる。私たちはそうした人を深い尊敬で見ることは自然だろう。しかしこと自分がそのように大見栄を切ってしまうことが私にはできない。もしそれを守らなかった時の惨めさに耐えられないからである。

私は自分が小説を書くという決心をした十代の終わりに、「酔狂」な人生を送ることを選んだ。当時は小説家になるということは「カフェの女給に身を落とすこと」と社会から思われていたから「酔狂」で説明する以外、自分の行動を説明する方途がなかった。しかし酔狂などというものが言葉としても消え失せ、その深い意味合いなど一顧もされなくなった時から、日本人は自己責任も、信念も、美学も、失ったのである。

世の中には、経済や政治などの実際に社会を動かす仕組みの他に、いわば社会全体を動かす触媒作用のような力を持つ「真善美」への希求があるはずである。それがなければ、人間の才能は充分に燃焼もしなければ、目的に対する方向性も持つことができない。

しかし今では真善美などという言葉は、学校でも家庭でも聞いたことがない子供や青年がほとんどだろう。昔は親の教育程度も、今ほど高卒、大卒が多くはなかったから、こんな結構な言葉を口にすることを考えなかった親たちもたくさんいたろうと思う。しかし親が言わなくても、昔は貧家の子供でも、学問をしたいという気持ちさえあれば、本を読んだ。娯楽としても読んだ。本を読むことは、立派なことととされていた。すると本の中には、こうしたいささか恥ずかしいような立派な概念も書かれていたのである。

今では親も子も本は週刊誌か漫画しか読まない。作品を電子ブックに入れるという通知を受けたので、私は先日それを拒否した。本はタブレット式の端末で読むのにふさわしいものではない。本は、寝床、風呂、電車、トイレ、公園、さまざまな所で寸暇を「惜しむ」のではなく、「つぶす」ために読むものだ。そして時間つぶしであっても、私たちは、そこから偉大な世界を学び取った。机の前や決まった場所で、本を味わって読めることは私には考えられない。

今の時代の日本で絶対の比重を占めているのは、人に見せるための姿勢をも含めた「善」の世界である。もちろんほんものの善を行っている人もたくさんいるが、流行として、ポーズとして、の善は、「人権擁護」「正義の徹底」「平等意識」などと結びついていくらでも出番があるのである。

それに比べて「真」の希求は非常に難しい。そもそもの教育の初めから親たちは、「子供を人質に取られているから」などという情けない姿勢で、教師が何を言おうと唯唯諾諾として従う。会社や官庁や他の組織に入れば、「真」を求めようとしない上役を見て矛盾を感じても、それを公表すれば、組織の中に留まることができなくなり、結果的に食べられなくなるから誰もが黙っている。

「政界や警察だけじゃありませんよ。それに類似したところでも、もっともっと内部から腐っているところがいくらでもあります」と言う人もいる。「真」を見つめようとすれば、当然人間が集まるすべての所の、歪み、逸脱、権力の乱用、などが見えて来る。しかしそれを言う機会もなく、言ったら最低で出世が遅れ、悪くすると首だから、誰も言わない。

私は昔聖書の勉強をしている時、『ヨハネによる福音書』の8章32節に眠気がさめるほどのすばらしい言葉があることを知った（ということはつまり私は勉強の途中で、いつも眠気を覚えていた、ということなのだ）。「あなたたちは真理を知り、真理はあなたたちを自由にする」というくだりである。

私たちは、自由は、制度によって得るものと思っている。しかしそうではないのだ。自由は私たちの眼力、それも勇気に支えられた眼力によって出発するということなのである。しかもこの勇気という言葉の原語はギリシア語の「アレーテー」であって、それは「卓越、勇気、徳、奉仕貢献」を同時に意味する単語である。勇気のない人には徳もない。奉仕貢献をしない人は勇気もない、ということになる。とすれば、この観点はさらに深く考えられなければならない。

「真」への到達には、勇気がいる。

しかし勇気を教えなくなってから、もう半世紀以上が経ったのだから、「勇気ってなあに？」と聞く子供が出ても不思議はない。それでいて「いじめはいけない」と教えろ、と親も教師も社会も言う。勇気なくして、どうしていじめを止めることができるのだろう。

教師も親も、勇気はかつての戦場でのみ有効なものだった、と早とちりした。従って勇気などという野蛮な感情は平和の敵だ、と考えた。だから勇気などは「退治し放逐しなければならない」ものだという結論に到達したのだろう。そして「勇気」が「真」と密接な関係にあり、さらにそのかなたには、「自由」とも確実に結びついているのだということを、多くの人は気がつかなかったのである。

世界人権宣言は言う。

「人間は、生まれながらにして自由・平等である」

私はいつもこういう言葉を聞く度に、私が知っているアフリカの光景を反射的に思い浮かべてしまうのである。今なお文明から取り残されたアフリカに住む多数の人々は、生まれながらにして、自由でもなく、その可能性もなく、また現実にそれを希望してもいないだろう。なぜなら、彼らは部族支配の中で守られ、それを自分の生きる自然の姿と感じ、それ以外の社会的、政治的形態などを見たこともないのだから、自由、平等などという虹の理念を理解もしないし、望んでもいないだろう、と思うのである。もちろん彼らの世界にもいつかは民主的社会が出現するだろうが、それは彼らの生活に電気が導入されてから後のことである。電気のない社会に、民主主義は存在し得ないのである。

「すべての人間は、生れながらにして自由であり、かつ、尊厳と権利とについて平等である」

と世界人権宣言の第1条は書いている。

私の見たアフリカの人たちは、自由にどこかへ行く方途もない。行ったとしても、行った先でどうして生きるかも想像つかない。そして彼らの生き方のすべては、自由ではなく、しきたりに規制されている。

彼らは尊厳とも無縁で暮らしている。今夜食べるものがあるかどうかにたえず心をいため、体や衣服を洗うこともままならず、何より痛みを止めてもらえる医療機関にも簡単には到達できず、できたとしても金がないか、病院に薬がないか、それだけの技術を持った医師がいないかで、まともな医療は受けられない。

これはほんの一例だが、ルワンダがベルギーから独立したのは一九六二年だが、それから実に三十年以上も経った一九九四年に、フツ族とツチ族の激しい対立は、五十万人か、それ以上と言われるツチ族虐殺を引き起こした。三十年以上経っていても、そのような非人間的な殺戮が行われたのも植民地主義の結果だという。しかしそれだけの年月が経過しているのに、すべての責任を植民地主義だけにおっかぶせることはできないだろう。

私はその理由を特定することはできないが、強いて言えば、そこには貧困と教育の欠如があったからである。仮に私たちが一個のパンを「皆で分けるのよ」と言って子供たちに渡しても、同腹の兄弟姉妹以外はたちまち体と体をぶつけ合う抗争が出現するような土地で、「生れながらにして自由であり、かつ、尊厳と権利とについて平等である」

などと言われても、全く何を意味するかわからなくて当然だ。「自由や、尊厳や、権利よりも、今晩の食べ物をください」ということになるだろう。私たちが二十世紀に、これこそ人道や人権を守るために有効だと思った思想や言葉は、大した力を持たなかった。二十一世紀にどうしたら実行力を持つ現実にたちもどれるか、勇気を持って真実を再発見しなければならないだろう。

「人間は平等」と日本人は教えられたが、しかしこれはれっきとした嘘であった。およそ地球上に存在する総てのものは、決して平等の運命にあずかれるようにはなっていない。同じ電車に乗っていて、その電車が衝突事故を起こしたような場合、どうして誰かだけが命を落とし、他の人が無傷でいるのだ。平等を嫌う遺伝子さえも、人間の中にはれっきとして埋めこまれていると思うことがある。人をだし抜いて、自分だけがいい境地に行きたいと思うのがその現れである。ただどんなに運命は不平等でも、人間はその運命に挑戦してできるだけの改変を試みて平等に近づこうとする。それが人間の楽しさである。

「人間は、理性と良心とを授けられており、互いに同胞の精神をもって行動しなければならない」

と人権宣言は続ける。

しかし多くの民族にとって、これは全く無理な感覚だ。なぜなら、歴史的にも現状においても、人間は長い年月にわたって簡単に理性を失い、良心などというものは初めから持ち合わせない人たちも決して珍しくはないことを示して来たのである。相手に良心があるなどと勘違いしていると、こちらが先に殺されることを、経験として知っているからである。

誰もが同胞の精神を持てるなどということは、目下のところでは世迷い言だ。同胞の精神は同胞しか持てないものだ、と信じるのが普通なのだ。なぜなら同胞だけが運命共同体を受け入れるが、同胞でないものは、必ずこちらを攻撃するのである。だから同胞以外の者を信じるなどということは考えられない妄想である。

もし見知らぬ人を同胞と思う時には、ガンジーのように自分が殺されることを前提に考えるべきであり、こうしたおきれいごとにそう易々と同意できなくて自然なのである。

私の手元にある「児童の権利に関する条約と子どもの人権」という解説パンフレット

は、法務省と全国人権擁護委員連合会が作ったものだが、そこには「自分がどのような職業に就くのか、どのような学校を選ぶのかなどというような自分に影響を与えることについて、自由に自分の意見を言うことを認められ、その意見は年齢や成長の度合によって一人一人考慮されるべき」であると書いてある。

日本の社会においては、これは全く自然な感情だし、またいささかの努力次第で簡単に実行可能なことだ。しかしアフリカの多くの国において、どのような職業に就くかを選べる人は極く少数だ。というより選ぶほど職業はないのである。学校を選ぶどころではない。学校へ子供をやっていたら、一家は食べられなくなる。食べるに事欠くような生活の中で、学校や職業を選ぶ余裕などあるわけはない。

またインドの社会では別な意味でそんなことは考えられない人が大多数である。ヒンドゥーの階級社会においては、職業が今もなお生まれた時から階級によって決められている。外部の誰かが決めたのではない。支配階級も決めたが、彼ら自身もそれに従う道を選んだ。選ばざるをえなかった。結婚や就職について、自分の意志を述べられる子供など、高度の教育を受けることのできた特権階級の新しい思想を持った人々や、ヒンドゥー社会の中に生きながらキリスト教の思想に触れた一部の人々以外、ほとんど例外と言っていいだろう。

そういう人たちのために、私たちは何ができ、何をして来たというのだ。少なくとも多くの人たちは一円の金もそのことのために出しては来なかったし、もちろん血も流さなかった。私たちの人道的思想は、想念の中に留まっている場合が多かった。

二十一世紀に、人間がどれほど賢くなれるかというと、それはこうした甲高い声で叫ばれた理想論からどの程度脱却し、現実正視の結果、どれくらい地声でものを言えるようになるかということにかかっているだろう。

そして最後に「美」が登場する。

「美」こそは最も深く、自由と関係あるものだ。なぜなら美は、社会状況を一応は意識しつつ、時には完全に内なる世界において自分だけが選択可能な世界観として力を持つのである。

自分が美と感じるものに、私たちは心と時間を捧げる。時には命さえも捧げる。こういう人は今では少なくなったが。戦争中、国家の命令によって命を捧げて戦場で死んだ若い兵士たちは、それ以外に生き方を選ぶ方法がなかったということで痛ましい限りだ。しかし国家が戦いに引き出され（一部の人たちは、この戦いが愚かなものであることを明確に意識していた）、現実に敵の攻撃を受けている以上、自分が愛するものの命を守るために戦うより他はない、という矛盾と必然を感じていた面も否定はできない。それが彼らにとっての悲痛な「美」であった。だから彼らは、胸打たれる遺書を残して死んだのだ。

考えてみれば、二十世紀は、責任を自己から他者に移行することをもって、近代的な社会構造が完成され、民主主義も成熟する、と解釈した時代であった。コンピューターの普及は、人々の「右へ倣え」の生活をますます色濃いものにした。絶対多数の他者のやることをやり、他者の考えるように考えることが、情熱の目的となった。

個人が受ける運命に関しては、すべての結果は人間がコントロールできて当然と考えられるようになった。もしできない時には、国家や社会や自分が属する組織に責任があった。親や子供を養うことも国家に任せようとした。自分が自由な選択の余地を有する状況で買ったマンションが値下がりしても、その損失を誰かに補塡させようと要求することが可能と感じた世紀であった。

「安心して暮らせる」という言葉を恐れ気もなく使い出したのも、二十世紀後半の特徴だった。生活において「安心できること」を期待したのは依頼心を公的に許された高齢者であり、声高に約束したのは政治家であった。ジャーナリストさえ、「安心して任務にまい進できるような環境」というような言葉を使って自分の人権主義を示そうとした。

しかし人間はいかなる人でもいかなる場所でも、「安心して」生きられることなどあり得ない。それは未来永劫あり得ないことだろう。そのような根源的な非合理、非連続性に人間の運命が定められていることを、社会は認めない。それどころか、社会の不備として一掃できると考えた。

今後、そうした迷妄がいっそう加速するのか、修正の方向に向かうのか、およそ予測というものをする習慣のない私には考えることもできない。私が予測をしないのは、予測というものが、ほとんど当たったことがないからである。

最近では私はただ無責任に「株価が上がる」と新聞が書けば、反射的にそれでは株は下がるんだろうなと思い、「景気はまだなかなか回復しない」と専門家が言っていたら、多分明るい未来はその辺まで来ているのではないか、と思う癖がついた。

そんな状況で、どうして現在にしか興味のない小説家が、将来の予測など考えられるものだろう。それはまさに徒労というものだし、人は誰でも自分の才能や資質の分に応じた姿勢を取らねばならない。

しかし個人の生き方の「美」だけは、多分秘かに、誰に言うこともなく選ぶことができる。私個人としては、むずかしいだろうが、できうる範囲で自分の中の「美」に「酔狂」に殉じたい。もっともその「美」を押し通すことによって滝の白糸のように死刑になっちゃたまらない、と私のような臆病で卑怯な者は、必死で計算しながら、である。

しかし「真」を見ることに臆病なまま「美」を生きることはできない。そしてそのような生は、人間の人生ではない。

近年の変貌は、私だけでなく、あらゆる人の予測の能力の範囲を超えているだろう。私個人は、悩むヒマもないうちに「どうせ私は死んじまうのだから」と思っている。利己主義な私は死後のことなど、どうなってもいいのである。私はうんと若い時から、色紙を書かされた時には「後は野となれ」と書いて来たのである。

両極の意味
――危険や不安を承知で、自由を取れるか

一人の人間の、いい意味でも悪い意味でもその人の「根性」などというものは、そう簡単に改変されるものではない。私は若い時から老年になるまでを振り返って、そのことがよくわかる。子供の時、青春時代、そして長い作家生活と結婚生活と、そのすべての時期を通して私が何よりも求め続けて来たのは、自由だった。それも魂の自由人になることだった、ということである。

人はすべて、自分の体験からものを言う。秀才はそうでないのかもしれないが、だから往々にして説得力に欠ける。

生涯を通して自由を得たいと願い続けて、それが或る程度可能だったことに、私はま

ずいくつもの点で感謝しなければならない。

第一に、偶然の結果なのだが、私自身が今まで犯罪を犯さずに済んで来たことだ。小さな心の中の罪はたくさん犯して来た。しかし今私が言うのは、もっと単純な結果である。つまり刑務所に入れられるような犯罪だけはしないで済んで来たということである。もっともその点でさえ、私は明日にも何をしでかすかわからない。私は全く自分を信用していない。

私の考えはまことに単純なのだ。刑務所に入りさえしなければ、私は一応の基本的な自由を手にしている、と言える。どこへ行くのも、どこに住むのも、何を食べるのも、誰と会うのも自由なのだ。これは一人の人間に与えられたすばらしい特権である。

刑務所に入らないで済んだことを誇ってはいけない、と私は思う。理由は簡単なのだ。私はまず健康だったから、耐える力が人並みにあった。人並み以上とは決して言わない。私は時々他人の仕事の話を聞きながら「これは大変だ。私にはとても務まらない」と内心で思うことが多い。ホステスさんの生活も無理だ。私は朝型で夜働くのが辛いのである。官庁の暮らしもできない。「規則でこうなっています。前例がこうです」と言わなければならない立場になったら私の心は萎縮する。

健康であることの原因の何割を親からもらったと言えばいいのだろう。私には医学的な返事ができない。このごろは遺伝子の話ばやりだがこの傾向は嫌いではない。「こんな女に誰がした」という歌ではないが、私がこうなったのも一部は遺伝子のせいで、悪くたって責めないでよ、と言えたら便利だなあ、と考えている。しかし、もしそうとすれば、私が人並みな健康を維持していられるのは、九十パーセントまで親のおかげなのである。

第二の理由として、私は幸運にもいい時代に生まれ合わせた。私は子供の頃、明日まで生きていられるかと思うほどの激しい空襲を東京で体験したが、その後の半世紀以上を、異常な幸運としか言えない平和と繁栄の中で暮らすことができた。日本はすばらしい国家だった。国民に良質の電気と水と炊事や暖房用のエネルギーを確保し、戦前には決して珍しくなかった乞食がいなくて済む生活水準を維持してくれた。旅行や移住の自由、出版の自由、言論の自由を認めた。言論の自由に昔も今も弾圧をかけているのは、マスコミだけだが、言論の自由など、国民が食べられるかどうかということに比べれば、大したことではない。

世界にはまだ、今晩の食べ物がなく、現実的に子供たちが教育を受けられる環境になく、実質的に国内の貧しい一般庶民にとっては、気楽に受けられる医療設備は皆無に等しい国、というのもたくさんある。何しろ中央アフリカには、首都の国立病院と名のつくところなのに、レントゲンは数年間壊れたまま、天井の破れた検査室には顕微鏡が一台だけ。だからもちろん血液検査などできない。エイズは国民の二十人、三十人に一人、というほど蔓延しているのに、使い捨ての注射器もないという医療機関も決して珍しくはない国が、いくらでもあるのだ。

しかし日本のような行き届いた自由な社会に暮らせば、自分の魂を常に自由に解放しておけるか、と言うと、決してそうではないことは、周囲を観察していればすぐわかることだろう。

むしろ私たちの生活の周囲は、かなり病的だ。心身双方の「今日の疲れ」を明日に持ち越したままずっと暮らしている人もたくさんいる。企業の規模も大きく業績も安泰な大会社に勤めながら、自分が誰かの考えに抑え込まれている、という不安に苛まれながら暮らしている人も多い。組織が優先で、個人は自分の意見を持つどころか、組織の一員になり切れ、と強制される生活をしていると、精神的な奴隷の生活を送っているように感じられて来るのである。

もちろん後でゆっくり触れるが、百パーセントの自由人などという人はこの世にいないのだ。もし仮にそういう立場の人がいたとしたら、その人は自分の生きている空間を自由とは感じなくなっているだろう。自由が理解できるのは、不自由の要素があってこそなのだ。その上現実問題として、人は誰でもいささかのしがらみに生きている。ただすべてのことは、程度問題だ。

人が完全に組織に呑まれ、その機能の一員になることを容認しなければならないとなると、人間の肉体は多くの場合、そこで謀叛を起こすものらしい。拒否された自己を回復しようとして、不眠症や、鬱病や、胃潰瘍や、ガンになる。ほんとうかどうかわからないが、このごろ、こうした心理的な生活のひずみと病気の関係を言う人は多くなった。身体を癒すのは、薬ではなく、幸福な満ち足りた思いだという説が出て来たのである。そして私はこの考えにかなり同調している。

しかしもう一度点検してみると、実際のところ、その人がほんとうに自由を望んでいるかどうかはわからないのだ。自由は楽しいが怖い。自由には保証がない。自由にはシェルター（避難する場所、保護してくれる所）がない。自由は容易に攻撃される。自由を取るとすべての責任は自分にあることになる。それを承知で、自由を取れるか。呑まれて人の言うなりになっている方が楽ではないか、と時々人は思うであろう。そう思うのが、自然とも言えるし、悪魔の囁き、かもしれない。しかしこの場合でも、人はどちらかを選ばねばならないのだ。

私は今までしばしば私が胸を躍らせるような、自由で、破格で、おもしろい人生を見に行く旅や取材に知人を誘った。しかし多くの人があまり興味を示さないか、「怖くない？」と私に聞くので、誘うのをやめたこともあった。誰にも旅の安全など保証することはできない。「できる限りの安全対策はしますが、それ以上のことは運ですねえ」と言うより他はない。

普通の生き方にしてもそうである。安全で、風当たりが強くなくて、誰からも好意を持たれながら、しかも好きなことができる、という状況はまず現世にはない、と見なければならない。人は常に、運命のどちらかを選ぶ以外にない。危険や不安を承知で自分の好きなように生きる方を取るか、それとも自分の個性の磨滅を承知で集団的安全の域内で暮らすか、どちらかなのである。その両方を望めば「二兎を追って一兎をも得ず」になるだけだ。

第三に、私が幸福だったのは、日本の繁栄と時を同じくして生まれたので、いささかの経済的ゆとりを得たことだった。これは、今多くの日本人たちが得ている好ましい境遇である。私は作家としての収入もあったので、夫とは別にささやかな経済的自由も得ていた。しかし収入を全く自由に使い切るほど、私には別にしたいこともなかった。

もちろん私はいつもちょっとした贅沢をした。寝心地のいい羽蒲団は真っ先に買ったし、デミタスのコーヒー・カップのコレクションを旅先で買い集めたりした。取材費は四十代から出版社や新聞社に出してもらうのは一切やめた。取材旅行はすべて自費ということにしてから、外国へ行く時の飛行機は「上等」の席に乗ることにした。疲れないし、着いてすぐ取材にかかる時の疲れが違っていた。

これが自由を得るための第四の条件と関わりがあるのかもしれない。自由はすべて自分の力の範囲ですることだ。私は最近、重症のご主人を、アメリカからチャーターした自家用機で日本まで運んだ方の話を聞いた。日本まで命が保つかどうかわからないという病状のご主人を、病院から空港、それから飛行機の中だけの責任を負う医師や介護士たちの手に委ね、日本に着いてからどういう形で入院させるか、をすべて考えた大作戦であった。

「夫が稼いだお金は、夫が使えばいいことだから」と夫人は敢えてこのような大がかりな病人輸送をした意図を話された。

私はこういう話を聞くのが好きである。自分も同じようにしたいと思うからではない。夫も私も多分、これほどの状態になったら、決してチャーター機で日本に帰るようなことはせず、出先で死ぬことが運命だったのだ、と思うだろう。金を惜しむのでもないが、あまり大がかりなことは何となく私たちらしくないような気がするからである。

しかし誰かがお金をかけてでも病人の希望を叶え、重体の患者の輸送を試みることに私は少しも反対ではない。すべての文化は、こうした人間の強い欲望の、しばしば「無理」と思われることから可能性が広がって行くものなのである。

私は貧しいアフリカの田舎の暮らしにずいぶん接して来た。たとえば、私の知人の日本人の修道女が働くマダガスカルの田舎の産院では、ボロではあっても、とにかく私たち素人が「未熟児をいれるガラス箱」と言っている保育器が二台あった。もっともそのうちの一台は、温度調節の機能が時々おかしくなり、或る晩、当直の娘さんがそれに気づいたからよかったようなものの、うっかりしていたら赤ちゃんが干物になるところだった、というほど温度が上がってしまっていた。それでもそんな恐ろしい保育器をだましだまし使う他はないほど、貧しい社会なのである。

日本だったら保育器には当然酸素の供給も付随する。しかし当時のマダガスカルには、政府が産院で生まれる未熟児に対して安定して酸素を補給するシステムはできていなかった。酸素ボンベはあるにはあったが、それが空になればいつ補充できるかあてはない。だから保育器は酸素なしで使われていた。それでも生きる子だけが生きた、という他はない。

日本ではそんなことを社会が許すはずはなかった。五百グラムちょっとしかないような未熟児でも、日本では育って当然、ということになっている。五百グラムの未熟児を標準体重の子と同じ発育段階にしてから家に帰すことなど、当然と考えられている。

しかしそのような日本流の方法で未熟児一人を大きくするには、マダガスカルの貧しい赤ちゃんを数百人生かすことができるほどのお金がかかる。一人の日本の赤ちゃんが、貧しいアフリカの赤ちゃん数百人分の金を独り占めにして生き延びるのだ。しかし日本では誰もその矛盾を指摘しない。人道とはお金も人手もかけるもの、かかるものだ、としているが、それならその贅沢な恩恵を少し日本人から取り上げて途上国に回したらどうですか、という論議は出て来ない。

しかし私は日本の未熟児が莫大な費用をかけて生き延び、マダガスカルの赤ちゃんは運が悪く体力がなければ死ぬ、という運命に委ねられていることを、それほど深く悼まないのである。私の良心が鈍感なせいでもあろうが、日本には、どんな未熟児でも生かす技術を伸ばす世界的な先端医療を開発する使命が課せられていると信じているからなのである。そして私が考える魂の自由とは、そのどちらの価値観にもとらわれずに、相対する両極の様相にそれぞれに深い意味を見つけることではないか、と思っている。

駅へ行くにも
――依頼心が老化の道をまっしぐらに進ませる

私はすでに八十歳を越えた。昔はこんな年まで生きている人は少なかったが、東京の私の同級生は皆、今も普通に生活している。

冷蔵庫だって自動車だって古くなれば、ドアがよく閉まらなかったり、へんな音を立てたりするものだ。でも使う時、ちょっと気をつけて最後のところで押すようにすればちゃんと閉まる。人間の体も同じで、使い方でまだまだ役に立つ。

彼女たちは、自立と自律の精神を持っていることがおしゃれの最大の表れだ、と思っている節がある。

私は六十四歳と七十四歳の時にかなりひどい足首の骨折をして、それ以来正座もできないし、歩き方もおかしい。でも今でも、アフリカまででも一人で旅行する。国内旅行の時、付き添いを同行するようなこともしたことがない。別に秘密の悪事をしているわけではないが、一人で行動する自由な楽しさを奪われたくないのである。

旅や外出は老世代にとって最高の訓練の時だ。座席がどこか、トイレは前方か後方か、おべんとうはどこで買ったらいいか、複雑な切符をどのように保管すべきか、すべて訓練の種だ。旅に出ても、

「私の席はどこ?」

「切符はあんたが持っといてね」

などという依頼心が、老化の道をまっしぐらに進ませるのである。

老人に優しくするのは当然だが、甘やかすのは相手を老人扱いにしていて失礼にあたる、という空気が私の周辺にはあって、ほんとうに助かる。

駅前まで行くにも、老人を一人では出せないという考え方をする地方が多いが、東京ではほとんどない。それは都会人の心が冷たいからなのか、それとも都会の高齢者が若ぶりたいからなのか、どちらなのだろう。

ないものを数えずに、あるものを数える
――他者への愛が、人生を活力で満たす

老年に向けての幸福論などというものを改めて必要とするようになったのは、私たちの寿命が長くなったからである。高齢まで生き延びた人たちが、もしも思考するという能力を残しているなら、それは大きな幸せだが、自分の意志もなしに長寿を与えられているとしたら、それは手放しで喜べることではない。

老年の幸福を、私は敢えて健康を別にして考えたいと思う。なぜなら健康は深酒、暴食、喫煙のような自分に責任のある要素を除くと、素質的な要素が多いから、自分の自由にならないのである。そして健康という要素を除外しても、私を幸福にしてくれる要素は四つあるだろうという気がする。

第一の単純な条件は、身辺整理ができていることである。まずガラクタを捨て、家の空間を多くする。自分にとって大切なものも、私の死後は、娘や息子にとってさえ要らない場合が多い。ましてや他人には何の価値もない。写真、記念品、トロフィー、手紙、すべて一代限りで今のうちにさっさと捨てる。その捨てるという作業に専念できる日が目下の私にはそれほど多くないので、整理は遅々として進まない。

空間が増えるということは、老年の家事労働が楽になることなのである。拭き掃除も簡単になる。探しものもしなくて済む。腰が痛い人は屈まなくていい。嫌な匂いを家の中に溜めず、いつも風通しのいい状態を保てる。

床もテーブルも物置ではない。物はその本来の目的のために働けるようにしてやることが大切だ。床は移動のための空間なのだから、何も障害物なしに動ける状態がよく、テーブルは食事のためだけにいつも空けておかなければならない。

冷蔵庫の中のものも、古いものから残さずに使って、必ず別の料理に使う。しかし衣服などいつも古いものばかり着ていると、老人自身が古びているのだからますます見苦しくなる。時々古いものを捨てて新しい衣服を取り入れ、こざっぱりした暮らしをするのが私の理想だ。

第二の条件は、老年がもうそれほど先のことを考えなくてよくなっていることから始まる。私は自分が死んだ後のことなど考えられないし、またあまり考えて口を出してはいけないような気もしている。だから、自由になる範囲のお金や心や時間は、他人のために使うことが満たされるための条件のような気がしている。

それはこういう理論からである。人間は人に与えられる立場にいるうちはどんなに年を取っても現役なのである。しかし受けることだけを期待するようになると、それは幼児か老人の心境だから、つまりまだ一人前でないか、既に引退した人物かどちらかになるのである。老年になっても、全く自分の利益しか考えなかったら、その老人は孤立して当然だ。

つまり人生を活力で満たすものは「愛」、相手が幸福であることを願う姿勢なのである。他者を愛することが自分を幸せにする、という一見矛盾した真理を認めること、これが第三の条件なのだが、この程度のことは誰でも知っていると思っていると、それがそうでもない。老化は利己主義の方向にどんどん傾くからである。自分だけの利益や幸福を追求しているうちは、不思議なことに自分一人さえ幸福にならない。これは別に老年だけの特殊事情ではないのだが、若い世代でも、まず自分の利益を守ることが人権というものなのだ、と教わったらしいから、幸福になりようがない。自分のことだけを考える子供のような年寄りになるのは、やはり失敗した老年を迎えたことなのである。

第四の条件は、適度の諦めである。

この世で思い通りの生を生きた人はいないのだ。それを思えば、日本人の九十九パーセントまでは、実生活において人間らしくあしらわれている。水道や電気の恩恵に浴し、今晩食べるもののない人も例外的にしかいない。医療機関に到達できずに痛みに耐えている人もいないし、子供を通わす学校がないという人もいない。

それらはすべて、世界中の人が当然受けているものではないのである。世界には常に政治的な難民と呼ばれる人や、日本人と比較しようもないほどの動物のようなみじめさの中で暮らす貧民がいる。彼らと比べると、総じて日本人は人間として最低条件が整った生活をして生きて来た。もって瞑すべし、と私はいつも思う。

ほんとうは社会の不平等や、親子の不仲や、友の裏切りは、人間としての人生の許容範囲の中にある。事故や事件で命を失うことは許容の範囲とは言えないかもしれないが、潜在的可能性の中にはある。「ないものを数えずに、あるもの（受けているもの）を数えなさい」という言葉がある。私はこの姿勢が好きだ。この知恵に満ちた姿勢でてきめん幸せになるからだ。

成功者になる方法
――自殺をせず、人を殺さない

私は時々若い人たちに講演をする時、人生の成功者になる方法を一つ教えることにしている。

金の儲け方、美人になる方法、話術の磨き方など、最近の世の中にはハウツーものが多いが、ほとんど確実なものはない。これさえ飲めば病気にならない、という健康食品のほとんどが詐欺まがいといわれるように、確実に成功者になる方法などない、と思われているのである。

私も可能性の薄い話を口にして詐欺師になりたくはない。しかしたった一つ、誰にでも間違いなく人生の成功者になる方法はある。それは自殺をせず、人を殺さないことだ。

もちろん人間には、過失の結果はある。高齢者に多いのだが、コンビニの前で自分の車をバックしようとして誤ってアクセルを踏んでしまうような場合である。

私は七十歳の後半に入るや、二十三歳で始めた運転をやめた。その直後、一つはっきりと嬉しかったことは「これで生涯、人を轢《ひ》かずに済んだ」ということだった。つまり私は運転による殺人だけは犯さなくて済んだのだ。

もちろん多くの人は、運転をやめるにやめられない。職業のため、不便な土地に住んでいるので生活をなりたたせるため、親の見舞いに行くため、どれも重要なことばかりだ。

受験の失敗、失恋、倒産、天災に遭うこと、どれも大きな喪失だが、時間と生きる意欲があれば、不運をカバーして、前以上の幸運を手にすることもできる。しかし、自分と他人を殺したら、取り返しがつかない。

こんなに単純で間違いなく成功者になる方法があるというのに、それを守らない若者がいるのは、あらためて大人がその事実を教えないからなのだろうか。

老年の聖域
――人生で個人が選ぶ最後の美学

　第二次世界大戦以前の日本の平均寿命は、恐らく非常に短いものであったと思われる。主な作家や詩人は、ほとんどが四十前後で死んでいる。私たちの周囲でも、還暦と呼ばれる六十歳まで生き抜く人はそれほど多くはなかったから、家族は「還暦の祝い」をすることに意味を感じていた。しかし今では「古来稀《まれ》なり」の意味で使われている「古稀」（七十歳）も「今やざらなり」と言う人がいる始末だ。

　日本人の平均寿命は世界一となるまでに延びた。その理由は、新生児の死亡率の低下、抗生物質の普及、日常生活が非常に便利で安全で衛生的になったこと、国民皆保健制度によって医療機関にかかれない患者がいないこと、凶悪な犯罪率が世界的に見ても低いこと、などではないかと思う。

戦後の日本人は、大きく三つのものから解放された。第一は戦前の封建的な社会制度とその圧迫、第二は貧困、第三は思想言論の統制弾圧である。これらはいずれも、深く人間の寿命そのものとも、満ち足りた老年ともかかわっている。

ストレスからの解放は病気の予防に大きく影響しているというが、一方で全くストレスのない人間の生活などというものはないから、いささかのストレスは生き生きとした人間社会を作るのに有効だという説も、私はまた素人としては捨てがたい。

長く生きればいい、というものではない。しかし長く生きられなかったら、人生で達成できる目的も中途半端で終わるだろうから、やはり長寿が願わしい。しかし老年をいかに生きるかということは、人生で個人が選ぶ最後の目標であり、芸術となった。

現在の日本の夫婦の多くは、老世代とは別に暮らしている。スープの冷めないくらいの近くに別居するというのが理想らしいのだが、私たち夫婦は若い時から、夫の父母と私の母の三人の老世代と同居した。パール・バックの描く古い中国では、お嫁さんが起きるとまず老人に熱いお茶を持って行く場面が描かれていて感動的だったが、私は決してそんな親孝行はしなかった。しかし同居していれば、毎日親たちが元気かどうか見守っていられるのがよかった。

日本人が好きな食べ物の一つに、川に棲む鮎という一年魚がある。鮎は川の藻だけを食べ、香魚という別名を持つほど淡白でおいしい魚だということになっており、夏の季節にはわざわざ鮎を食べに渓流のほとりに行くのである。

しかし私たちは時々知人から鮎を送ってもらうことがあった。そういう時、私が何より嬉しかったのは、もう旅ができなくなっている親たちに真っ先に鮎を食べさせられることだった。同居というものは、親孝行をするにも便利な制度だった。私たちには息子が一人いたから、つまり親子三代で住んでいたことになる。すると私の家を訪ねてくる欧米人の中には「チャイニーズの家族みたいですね」という言い方をする人もいた。

私はカトリック系の国際的な空気を持つ私立の女子校で、幼稚園から大学まで教育を受けた。そこでは、私たちは外国人の修道女たちから、日本人であり続けることをしつけられたのである。もしキリスト教徒の家庭に生まれた生徒が将来結婚したら、婚家先の信仰が仏教や神道である可能性が強い。そういう場合は、夫の親たちの拝む仏教や神道のお寺や神社には親たちの付き添いとして率先して同行し、家庭内にそうした仏たちや神々を祭る祭壇がある時には、そのお掃除もして喜んでもらいなさい、としつけられた。それがもっとも手近な愛の表現であると習ったのだ。

人は国家、社会、家族に属しながらも、それぞれの心の中に、独自の聖域があるはずだ、と私は思っている。その違いを温かく繋ぐものが、同胞や家族の幸福を願う意識の絆である。だから人は、自分の理想とする老年をそれぞれに創るのが願わしいのである。

長い年月を生きてきた老人は、体こそ老いて弱っているかもしれないが、たくさんの人生を見て来て、複雑な人生の受け止め方ができるような豊かな精神構造を備えるようになっているはずだ。中国と日本の双方の老人たちの、穏やかで温かい知恵の交流が、双方の国に明るい長寿時代を持って来てくれることを私は願っている。

笑い

――いつも笑顔でいることはない

よく自分の心理を観察してみると、私はこのごろ笑いというものがあまり好きでなくなっていた。

笑いに実感がなくなってきたからである。昔はほんとうに笑い出さずにはいられないようなことがよくあった。たいていは、自分や他人の失敗に直面した時である。人は、どういう時に笑うかと言うと、おかしい時ではなく、真実を見せられた時、安心して笑うようである。

しかし最近の人々はあまり厳しい現実に直面していない。テレビの世界などことにひどい。

登場する人たちは、驚くべきことでもないことに驚いてみせ、別に頭や耳が悪いのでもないだろうに、わざと大仰に聞き返す。それほどいつも幸福でもないだろうに、いつもいつも笑っている。

人間なのだから、苦虫をかみつぶしたような顔をしたい時もあろう。言うことをきかない子供を怒鳴りたい時もあろう。

そんな時、遠慮なく、渋い顔をしたり、怒鳴ったりすればいいのに、と思う。その時初めてその人の周辺に濃厚な手応えのある人生が発生する。

何もいつもにっこり笑っていなくてもいいのに、このごろの日本人は笑いすぎる。ことに接客を主な仕事とする人の笑顔は空《むな》しくて気持ちが悪い。テレビやマンガの世界ばかりに触れて、汗をかいたり、重かったり、疲れたり、寒かったり、怖かったり、というような肉体的感覚を持つ実人生に触れなくなった人々は、どこか人間離れしてきた。

さて高齢者としては、体力が落ちてきた日々をせめて周囲の人々への礼儀から、機嫌よく過ごしたいのだが、その笑顔が作り笑いになると困る、とそこまで恐れている人も、私の身辺にはいるのである。

受けて与える

——幸福とは、素朴な感謝に包まれて暮らすこと

私は現代の日本に生かしていただいている幸福を噛みしめている人間である。

まず地域戦もないから、毎日、穏やかな生活が続けられる。その上、日本という国は、よく組織された社会を持っているので、水も電気もガスも止まることがない。アフリカ大陸のほとんどの地域で、水汲みは今も女の仕事だ。道は舗装もなく、裸足の人もいるが、それでも、水だけは日に何度か、暑さに耐えて運ばねばならない。薪も取りに行かねばならない。ガスも電気もないのだから、毎日、薪は林まで取りに行って、それで炊事をする。CO_2を出すも出さないもないのである。

それ以前に、日本は周囲を海に囲まれている、という大きな幸運に恵まれている。海

は資源と安全を供給する宝庫である。

日本では、個人同士の意思の疎通を可能にする通信手段も、人間が行きたいところに移動できる交通手段も整えられている。アフリカでもアジアでも、田舎で路線バスなどを期待することはほとんどできない。医療機関にも到達できない遠隔の空白地帯に住む人も多い。病気になれば救急車がただで運んでくれる日本など天国だ。アフリカの救急車は非常に高価で、金を払えなければ病人も怪我人も置いて帰って行く。

収入のない人を国家がどうにか飢えさせないなどということもほとんどできない。どんな貧しい家の子でも学校へ通えるなどということも夢のような境遇だ。もっとも貧しい人は親戚が面倒を見るということは日本人の場合より多そうである。しかし子供はなかなか学校へ通えない。路線バスも自転車もないのだから、片道四キロ以上離れている学校には幼い子供はとても通えない。

学校にはしばしばトイレがないから（皆近くの自然の中で用を足す）、女の子は生理が始まるともう学校へ行かなくなる例も多い。行かせようとしても、途中で男の子たちにレイプされるので、恐ろしくて通わせられないというスラムの母の言葉も南米で聞いた。

不幸な状態は際限もなくあるが、そのような土地の人々は必ずしも不幸ではない。家の前の空間で薪の火が赤々と燃え、香ばしい煙が村中に流れ、竈《かまど》の上の鍋で今夜の主食と質素なおかずがふつふつと煮えていれば、一家のお父さんは自分が妻子を食べさせているという誇りで胸を張って幸福になれるのである。

それよりはるかに上等な暮らしをしている日本人の多くが、しかし幸福を感じない。あるのは、不満と不安ばかりである。人間は大学など出なくても、ちゃんと幸せに生きられる、とどうしても思えない。持ち家だろうと借家であろうと、アフリカの貧しい人たちと違って、雨の日にも濡れず、多分寒い思いさえせずに暮らせる、ということをきちんと評価しないからである。

アフリカへ何度も出かけ、そうした人々をたくさん見るうちに、私はしだいに素朴な感謝に包まれて暮らすようになった。私は高齢になったので、人の世話にならずに済む健康が何より幸福だとしみじみ感じている。そのためには、まず食事が大切だと感じているから、毎日、小説を書く合間に必ずおかずを作っている。

今日は二月十一日。お休みで静かな日なので、私はブリ大根と高野豆腐を煮た。祝日でも取材に見えるという週刊誌があるし、窓の外はぼたぼたの雪だ。それで寒い日の来客のために酒粕で甘酒も作った。昔、私の母はちゃんと甘酒を麴《こうじ》から作っていた。私のは手抜き版である。

幸福の秘訣は、受けて与えることだ、と私は知っている。私たちは受けることの方が多いが、何か少しでもできることを他者に「して差し上げる」生活をすることが私たちを幸福にする。

しかし、今は他人には何もしない人が多い。国家や社会が、自分にしてくれることだけを当然と思う。そして与えなければ困る人を見ると、「そんなこと、国の責任よ」と言う。素朴な人間の暮らしは、必ず受けて与えていれば、健全さを残せるのである。

現世にない極刑

――終わりがあることは最大の救い

人間は、おしまいになることを常に恐れている。

体験上もっともなことだ。お財布の中の最後の千円札がなくなれば、危機感を覚える。別れはいつも辛い。愛の終わりは生涯忘れられない打撃である。死別は決定的な喪失だ。時が癒してくれるのを待つほかはない。それらすべてが或る状態の終わりにやって来るのだから、人間がそれらを恐れるのは当然だ。

しかし私はこのごろ、終わりがあることは救いだということを知っている。一つの缶詰を開ける。開けたてはおいしいが、三回も食べれば飽きて来る。食べきると嬉しいのは、これで新しい料理が作れるからだ。

私は家の中を片づけて、要らないものを捨てるのが道楽に近いほど好きだ。ものを捨てられないという人の話を聞くと不思議な気がする。私はものを大切に使うたちではあるが、使う当てもない箱や紙類などをとっておくほど、空間を無駄にすることはない、と考えている。食器棚を片づけて空の棚ができると実に爽快だ。もう私の年になれば、今持っている陶器だけで一生充分なのだが、それでは精神が縮こまるので、私は今でも時々気に入った食器を見つけるとささやかな買い物をする。食器戸棚に空間があるおかげだ。

もしものごとに終わりがなかったら……と考えるとこんな恐ろしいことはない。地球のすべての営みは老化し、停滞し、果ては無残な崩壊をみせるだけだ。どんな嫌な仕事でも、期限があれば耐えられるし、嫌な人とでも数日の付き合いなら何とか過ごせる。人間の後半生には、ありがたいことに立派な仕事が発生する。老化を人間らしく受け止め、病気があればそれに耐えることと、死という仕事を果たすことである。

仕事があるということは、たとえそれが死であっても、すばらしいのである。何もすることがなかったら、それは拷問なのだから。未だ人間に与えられていない極刑があるとしたら、それは、永遠に死なないという刑罰だろう。それこそ願わしい状態だという人がいたら、それはイマジネーションの足りない人であることを示している。

人間社会のあらゆる悪とその結果を書きつくしたかの観のあるギリシャ神話にも、まだ死を許されなくなった人間の業苦のケースは描かれていない。私はいつか死ぬことができなくなった人間の話を、偽ギリシャ神話として書きたいと思っているが、それはギリシャ人の人生観と根本的に違うらしいので、偽物としても通用しないだろう。人生に終わりのあることは、最大の幸福であることを忘れてはいけない。

第二章　人間の能力の限界など、たかがしれている

「完全な公平」などない
——不公平に馴れる訓練をする

自分の身内だったり、かなり個人的な意見を述べてもいい関係だったりしたら、私は若い人に、不公平に馴れる訓練をしている。

最高裁の判決で新たな見解が示されたが、「一票の格差」という言葉がそのことを思わせたのである。

もちろん世の中の動きは公平であった方がいいに決まっている。しかし完全な公平ということは、事実上この世であり得ない。だから食料品売り場で、私たちは大根の山を前にしてどれが少しでも大きいかを見比べているのである。

大根の太さを比べているうちはかわいいものだ。しかし完全な公平を期して、不公平の是正にばかり、精神と時間を費やしていると、自分自身がほんとうにしたかったことに捧げるはずの時間を失う。

私がまだ子供の頃に遭遇した第二次世界大戦のために、私の知っているたくさんの大人たちは、ひどい運命の変転を味わった。空襲で家を焼かれた人、戦後経済の動乱の中でそれまでこつこつと貯《た》めていた一切の財産が消えた人。それぞれにひどい目に遭ったけれど、それより無残なのは、大切な家族を戦争で失ったことだろう。いささかの補償は出たにしても、それで息子や夫を失った母や妻たちの一生が償われることはなかった。

戦災の後の焦土に立った人たちは、とにかく自分で生き延びることを考え、公平も平等も視野にないかのような時代を、自分なりに生き抜いた。私はその再生の闘いに参加するには、まだ少し幼かったけれど、その世代の人たちの生命力に、深い尊敬を捧げている。

不公平、不平等を是とするのではないが、私たちの人生は思いのほか短い。だから急いで、自分の道を生きることの方が必要だ。

好きで得意な道を
——好きなことのない人が、一番危険

日本では、女性の社会進出が他国に比べて少ないのだという。私は社会のどの分野にも女性と男性が自然に混じり合っているのが好きだから、「女子会」などに声をかけられたら、出席を断るだろうと思う。女性だけを対象にした講演会も引き受けないのは、性差別反対だからである。

現代の日本で、女性の社会（政治）進出を妨げる要素はほとんどない。自分が病気だとか、高齢の舅姑がいるなどという場合は別として、子供が小学校に行くようになれば、政治の世界に出ていけない理由はない。それなのに、多くの人が美容とおしゃれにばかり関心のあるセレブ的生活をしたがるらしい。つまり日本人女性は政治に無関心なのか、

政治を魅力ある仕事と感じていないかどちらかなのである。

親からの地盤を譲られた女性代議士の一人で、その当選や就任の挨拶の時、今までにただの一度も目の覚めるような勇気や個性を示す発言をしたことのない人がいる。私は毎回その言葉を特に注目して聞いているのだが、こういう人でも年月を経ると閣僚候補に名前が挙がったりする。世間が政治の世界にしらけた気分を持つのも当然だ。

またある女性政治家は「日本は非常に大きな格差のある社会だ」などと、全く事実と違うことを言って民衆を煽《あお》る。日本は世界の中で稀にみる平等で格差のない国なのだ。

才能のない人が、名誉欲や権力欲でその仕事に就かれると社会が迷惑する。私は小説を書くことは好きでそのための勉強はしたのだが、それ以外のどんな仕事にも向いていなかった。

人はめいめいが好きで得意な道を生きればいい。好きなことのない人が、実は一番危険で困るのである。

私の違和感
——過剰な個人情報保護は、人間性の貧困を見せる

二〇一二年四月二十三日の朝、京都府亀岡市で、集団登校をしていた児童たちに、無免許運転の無職少年（十八歳）の車が突っ込んだ。これにより、引率していた保護者で妊娠中の女性とその胎児、女子児童二人が犠牲となり、七人が重軽傷を負った（四月三十日現在）。

この事件でもっとも注目しなければならないのは、この少年がずっと以前から何度も無免許運転を繰り返していたということだ。同乗していた、二人とも数人ともいわれる友人たちも、そのことを知りつつ少年の運転を止めさせず、ほとんど徹夜でドライブを続けていた。

少年たちがこの年齢になるまで、親と学校はいったいどんな教育をしていたのだろう、と思う。少々漢字が読めなくても、歴史を知らなくても、英語の「ワン」（one）を「オーネ」と発音しても、人間としては立派にやっていける。しかし、こういう危険の予測も、規則違反の自覚もない人間が十八歳まで育ったということは、教育の敗北以外の何ものでもない。

もっとも、教育の最大の責任者は教師でもなく、親でもなく、自分自身である。何よりも、加害者の少年とその友人たちが、この年齢に至るまでに、社会からどれだけ学んだかということなのである。その意味で彼らは、稀に見る「怠け者」であり、国家や社会が用意してくれた教育の機会をほとんど使わなかった「愚か者」なのだろう。

しかし、事故から三日経った四月二十六日になって、マスコミはいっせいに別のポイントを指摘し始めた。

加害者の少年の父親（四十七歳）が「お詫びを言いたいから、被害者の住所・氏名を教えてほしい」と亀岡署に申し入れたところ、署側が被害者に無断でそれを教えた。これが世間の非難を浴びた。

さらに、犠牲となった保護者の女性の携帯電話の番号は、児童たちが通っていた小学校の教頭が教えたことが判明した。ある新聞は、

〈教育長や校長、教頭は遺族に謝罪した〉

〈市教委によると、教頭の教え子の保護者に少年の親族がいた。（その）親族から葬儀の日程や連絡先を教えてほしいと頼まれた教頭は、（被害者女性の）女児が入学前に提出した書類にあった携帯番号を教えた〉

と報じた。

亀岡署の担当警官と教頭の行為は「個人情報を勝手に流したもの」と断じられ、テレビは繰り返し繰り返し、警察の責任者と教頭が頭を下げる姿を放映した。別の新聞は〈識者は被害者の感情を逆なでする無断提供を厳しく批判した〉と書き、被害者学が専門という大学教授も「重大なミスで、頭を下げて済む話ではない」と決めつけている。

現代的感覚はそうでも、私には不思議な違和感が残った。

確かに、思いがけない不幸のどん底に叩き込まれて混乱している遺族にとっては、加害者の父親にどんな顔をして会ったらいいかわからないだろう。罵倒し、玄関から追い

出しても後味は悪い。

だが、加害者の父親の立場になってみれば、いったいどうすればいいのか。謝罪に赴いても「どのツラ下げて来たんだ！」と面罵され、土下座させられることも充分考えられる。いや、戸口を開けてもらえず、遺族の前で土下座することさえできないような状況も想像される。しかし、だからと言って謝りに行かなければ、「線香の一本も上げに来ない」「親も親だ、謝りにも来ない」と非難されるだろう、と思う。

そうした双方の苦しみの中で、どんなにか辛いことだろうが、それでも少年の父親が「お詫びに行きたい」と思ったのは、人間としてもっともな感情である。警察や教頭がその気持ちを叶えようとしたことが、あれほどまでに責められることなのだろうか。たとえ短慮だったにせよ、彼らがひたすら謝罪しなければならないことなのか——。私の疑問はそういう点にある。

他人に知られたくないことが、広まってしまう。昨今では、そうした代表例が「個人情報」となっている。だが、考えてみれば、私たちは昔からこの手のことを散々経験してきたと思う。

もう三十年も前のことになるが、私が眼の病気で手術を受ける前に、「あなた、眼が見えなくなったんだって?」と見舞いの電話をかけてきた人がいた。

私の眼は、同じ病気でも他人より少し面倒な点があって、術後にも懸念される面はあった。しかし、見舞いを受けた時点で、私はまったく眼が見えないというわけではなかった。要は、私の病気を心配した別の人があちこちに喋りまくり、その中の一人が、私がもう完全に視力を失ったと思い込んだだけなのである。

人の病気や入院、その家の不幸などを、たぶん親切心からだろうが、じつに熱心にあちこちに触れ回るなどという人は、昔も今も、どこにでもいたのである。私などは、その人のお喋りと、結果として起きる不正確な情報の伝達に迷惑して「人の噂なんて知っていても『知らない』と言えばいいのに」などと苦々しく思っていたものだ。だが、そういう人々がどんな人物なのかと思うと、何事にも知らんぷりしている私のような人間より、優しく、温かい心を持っていることも事実なのだ。

私は、知人が入院するほどの病気にかかる、あるいはその人の配偶者が入院したことを知っても、誰にも伝えたことがない。入院という事態のコトの軽重を正確に把握しているのは当人だけだし、入院をどのように受け止めているのかも、人によって違うからだ。

たとえば、私は怪我で入院するたびに「運が良かったなぁ。医療の充実した日本でこういうことになって」と思い、幸せでいっぱいだった。私はよくアフリカにも行くから、アフリカの田舎で病気や怪我をしたらどうなってしまうかを知っている。レントゲンなどの医療設備自体がないというのも珍しくはないし、外科手術の器具があっても、メスが錆びていたり、殺菌が充分でないからエイズに感染したりといったこともありうるのだ。

内臓の重病にかからなかったせいもあるが、私にとってたまの入院は一種の貴重な休暇だった。必要なら原稿も書いたし、こういう時でなければ読めない本も読んだ。だから、どちらかというと見舞客は敬遠して、思うさま自分の時間がほしかった。

自分自身がそんな考えだから、知人の病気や入院について誰かに伝えようとはまったく思わない。もちろん私とは反対に、入院したら盛大に見舞いに来てほしい人もいるだろうが、見舞いに来てほしいなら、当人が自分で連絡するだろう。そう思っているのだ。

こうした判断は、あくまで私個人のデリカシーの問題である。しかし、同様のケースで「知人が入院していることを他人に教えてはいけない。個人情報を守らなければならないからだ」などと、したり顔で言う人が増えたとしても、そんなことは世間でまったく守られていない。

冒頭でも触れた通り、亀岡の暴走事故にまつわる被害者情報の〝漏洩〟について、多くのマスコミは「個人情報の開示はじつによろしくない」という姿勢をとっている。それは「個人情報は絶対に保護しなければならない」という考えが、多くの人々にとって流行りだからだろう。しかし、日本のようによく組織化された国家に生まれ、その恩恵を受けているのに、住所・氏名・電話番号もいっさい世間に知られたくないという奇妙な理屈が、どうして通るのか。

個人情報をまったく知られないという社会が、本当に健全なのだろうか。

私はかなり以前から、個人情報を完璧に守るとすれば、どんな方法があるのかを考えていた。ただ一つ有効なのは、出生届を出さないことだった。そうすれば、個人情報の漏洩被害に遭わないだろうし、あらゆる国家主導の企画にも駆り出されないだろう。しかし、その代わり、いっさいの社会的恩恵を受けられないものと覚悟するべきだ。義務教育をはじめ、戸籍による証明、銀行口座の開設、パスポートの受給、運転免許証の交付、不動産の登記、死亡時の火葬や埋葬の証明など、すべてが受けられない。

そのように、個人情報を完全に隠そうとすることは非現実的であり、土台ムリなことと思うほうがいい。健康保険を使っていれば、自分がかかった病歴をどこかで記録されている。恩給を受けるにも、自動車の免許を取るにも、必ずどこかで自分の経歴や個人情報を知られている。そういうものなのだ。

できもしない個人情報の完全秘匿に血眼となり、漏洩を過剰に恐れることによって、行き過ぎとなった例は枚挙に暇がない。

子供が下校時間を過ぎても、なかなか家に帰らなかったため、心配したお母さんが、子供が親しくしている友達の家へ電話して様子を訊こうとした。だが、学校の名簿には住所も電話番号も何もない。それが、最近の学校当局の「常識」なのだそうだ。私から言わせれば、子供への教育以前に、教育環境自体が歪んでいる。そんなことがずっと続いているのだ。

私は逆に、個人情報をオープンにして上手くいった例を挙げておきたい。

以前、私は盲人や車椅子の人々と一緒に、たびたび外国を旅行していた。その旅は健常者と障害者が同じ金額の旅費を払い、世話をする方にも、される方にも金銭の授受はなく、まったくのボランティアの善意が貫かれていた。

私の役目は添乗員のようなものだったから、旅行の準備段階で、参加メンバーの名簿に住所と電話番号を記載して事前に配ることにした。じつは、名簿に住所や電話番号を載せることは、当時から問題視されていた。しかし、私は「そんなことで困るというような方は、いらしてくださらなくて結構」という考えで、名簿の作成に躊躇することはなかった。

実際、この名簿は非常に有効だった。盲人が一人で参加する場合、遠方の人なら成田空港までの道のりにいささか不安を覚えている。その時、名簿を受け取ったある健常者が「自分はこの方と面識がないが、同じ地方に住んでいることがわかったから、成田空港まで付き添ってあげましょう」と申し出てくれたのだ。盲人も私たちも、どんなに助かったことか。

旅行中には、苗字の異なる男女が同室になることを希望して、名簿にもそう記載されたケースがある。男性は盲目のうえ、手指の運動が不自由な人だった。そして、女性はその男性が長く入院していた病院の看護師長さんだった。彼女は、他の旅行者に迷惑を掛けたくないという男性の希望を叶えながら、一生に一度聖地エルサレムを訪れるという彼の望みを果たすために、一緒の部屋に泊まって面倒を見てくれていたのだった。

今でも私は、この二人を思うと胸が熱くなる。個人情報などというものは、疾《やま》しいことがない限り、表に出されても困るものではないだろう。二人の凜とした姿に比べて、個人情報保護という言葉ひとつで思考が停止してしまい、住所や電話番号を記した名簿を作ってはならないと思い込んでいる学校や父兄たちの感覚は、人間性の貧困を見せている。

そんなふうに、個人情報に対して怯えに近い反応を示す今どきの人々が、その一方で、自分の情報を公開することは大好きなのだ。私はパソコンで原稿を書くが、ホームページを作っているわけではないし、メールも使わない。能力がないうえに、偏屈で静かに暮らすことが好きなので「電気的お手紙」のやり取りなどできないのだ。そうした私からすると、ブログやツイッターが流行っているのは、じつは自分のことを知らせたくてたまらない人が多いことの証《あかし》に見える。

亀岡の死傷事件に話を戻すと、私はこの際、改めて社会の議論に委ねたいことがある。交通事故という不幸な事件は、この先も必ず起きるはずだ。そして亀岡の事故のように、加害者が少年ならば、親もその責任を感じることになるのだろうが、いったいそういう加害者の立場の人は、謝罪に赴いたほうがいいのか、相手の気持ちを察して行かないほうがいいのか。私には、それがわからない。

日本人の心理では、正義の達成の証として、ほぼ必ず被害者側は加害者を「厳罰に処してもらいたい」と言う。私は簡単に、それを悪いと言うわけではない。私自身もその立場になったら、相手が厳罰を受けて苦しむことを正義と感じるかもしれない。しかし、ヨーロッパ、たとえばイタリアなどでは、被害者側が加害者を、法的にではなく信仰の立場から許すことを、自分の生涯の目的にする場合もあるという。だから、しばしばイタリアの新聞には「私は誰々（加害者）を許します」という、小さな公告が出るのだそうだ。もっとも、そういう行為は、自分が寛大であるということを世間に示す手段に用いられているという人もいるが……。

日本では今後、個人情報を守るため、加害者が被害者に謝罪へ赴くことはいっさいしない社会制度が定着するだろう。そのうえで、被害者側は加害者への厳罰を望む。そこに救いの光がどう見えてくるのか、私は読者に聞きたい。

静寂を侵されない自由
――個人の思考や行動を守るための礼儀

特定秘密保護法案に反対する国会周辺のデモの怒号や叫び声を石破茂自民党幹事長が「テロだ」と言ったことが問題になっているが、私は昔から人の仕事や生活を侵す音響、臭気、干渉などは、テロではないが、一種の暴力だと思っていた。

とは言っても、人は下手な歌も歌いたければ、雨だれみたいなピアノも弾きたい。夫婦や兄弟喧嘩をして、つい怒鳴り合ってしまう場合もあるだろう。

しかしそれらは、ほぼ自分の占有する空間だけで処理が可能なものだけにすべきだと私は考えている。

私も今までに何度か、霞が関界隈の省庁の会議室で会議をすることがあった。それはそこにいる人たちの真剣な仕事の場であった。出席者は、それぞれに意見が違う。右も左もある。誰もがその場で考えをまとめ、発言をする。だからそれを外のデモ隊の騒音が乱すことは、私はやはり一種の暴力だと感じたのだ。

国会の中継などたまにしか見ないけれど、私は野次も非常に嫌いだ。歌舞伎の掛け声は、粋できちんと間も抑えており、しかも短くて観劇の大筋を乱さない慎みを心得ている。しかし国会審議中の野次は音声で人の意見を妨害する一種の暴力だ。そんな野蛮な世界に生きていなくて私はつくづく幸せだったと思う。

私の仕事場は、静寂が基本だ。私もたまにワーグナーなどを聴きながら書くこともあるが、その曲は他人から押しつけられたものではなく、私がその世界に没頭するために、私なりにその日選び抜いた曲である。

人は、自分の思考や行動を守るために、静寂を侵されない自由があると思う。世間は実に多くの考え方から成り立っている。その個人の自由を守ることは、最低の礼儀だと言っていい。

折り目正しさ

——仕事に忠実で、お金の使い方に筋道が通っているか

長い間生きて来ると、どんな職業の、どんな立場の、どんな性格の人にも当てはまる、ある特徴というものがある、とわかるようになった。その一つが、折り目正しさということである。

別に手紙の返事をすぐ寄越すかとか、お辞儀が丁寧だとかいうことではない。折り目正しいということは、まずどこからみても合理的で、自分の職業に忠実であり、お金の使い方にある筋道が通っているかどうかということだと、私は感じている。

笹子トンネルの天井部分が落ちた事故は、誰に責任があるのか、多分細部は公表されないと思うけれど、設計ミスなのか、施工業者の手抜きなのか、本来は厳密に過去に遡

って発表すべきことだろう。

今度の東京電力福島第一原子力発電所の事故は、まだ事故原因の冷静な解明が専門家の間でもなされていないらしい。少なくとも私たち一般人でもわかるような形では、報告されていない。どうして第一発電所は壊滅的打撃を受け、第二発電所は無事だったのか、理由は必ずあるだろうし、それを追究することが業界の知的資産になるはずである。その結果は、新聞広告、テレビのコマーシャル、インターネットのホームページなどで、どんな国民の眼にも届くようにしなければならない。以後の原発政策をどうするかの大きな指針になるはずのものだからだ。そうした後始末にも「折り目正しさ」は出るのである。

全原発を即座に廃止にすれば、多くの人命の犠牲が出るだろうし、日本経済に大きな損失と混乱を与えるだろう、ということを、日本人の多くが知っていたからこそ、民主の大敗、自民の浮上という選挙結果が出た。事故後に三・六兆円と言われる厖大な燃料費を既に払ったと聞いているが、とにかく思想とは別個の、誰が見てもわかるお金の使い道を、簡単な表現で周知徹底させるのも、折り目正しさである。

一般に他人のお金の使い方に関しては、女性の方が細かく、男性の方がだらしがない、という印象を私は持っている。男性は日常、大根一本を自分で買っていないので、お金の額に不感症なのであろう。人の出したお金でする公共工事で手抜きをするなどということは、事故が起きなくとも、罪は大きいものだ。将来、実力ある国家としての日本を私たちの子孫に残すためにも、仕事とお金の扱いには、折り目正しさが厳密に要求される。

自殺志望者に　救うのは当人だけ
——他者の運命に深く心を掛ける

自殺に関して、私の個人的な記憶から述べるのが適切かどうかわからないのだが……小説家というものは、よかれあしかれ埃っぽい大地に足のついた地点からものを考えるしかないということになっているので許して頂きたい。

私の中で今も昔もずっと続いているのは、自殺などという「芝居がかった結末を選ぶのはいやだ」という感覚である。一九六二年の夏、マリリン・モンローが死亡した。私は今でもモンローの死の真相なるものを改めて読んだこともないのだが、それはどんな事件でも真相などというものはわかるわけはない、と思っているからである。事件は当時から、その死因には不自然なところがあり、睡眠薬の飲み過ぎにしても過失か自殺かわからない、という噂が流れていた。

私自身がその当時不眠症で鬱病気味であった。睡眠薬と興奮剤を交互に飲んでいたから当然だった。私は現実に自殺を図ったことはなかったが、ただ書くことだけを考えて書斎に閉じこもる生活をしていて、実生活が稀薄になり始めていたから、作家としての活力を失いかけていたのである。

他人の死を踏み台にするという非礼はよくわかっているのだが……私は現実的にモンローの死によって立ち直ったのである。モンローほどのカリスマ性を持った美女なら、自殺もふさわしいかもしれない。川島芳子がスパイ容疑で処刑されるのも、波多野秋子が有島武郎と情死するのも、彼女たちの個性や美貌を思えば、どこか釣り合いがとれているというべきである。しかし普通の人間には、自殺するというような大それた行為は、どこか芝居がかっていてみっともない。

私は芝居がかることをひどく嫌う性格だった。結果的に、非常識な行動を取ってしまうことはあるだろう。しかしそれは、できるだけ地味に、みみっちく、自然発生的に起きてこそ赦されるというものだ、と考えていたのである。

その元になっているのは、多分私が幼い時、母の道連れになって自殺未遂の体験をしたからだろう。今になって思えば、あれは現実的に自殺未遂とも言えないものであった。母は仲の悪かった父に言わずに家を出て、私といっしょに熱海の別荘で死ぬつもりだと言った。母は首を括ろうとしていたのか、私を刺殺しようと考えていたのか、私にはわからない。しかしただ確実にその日から小学生の私に食事を与えなかった。餓死しようと考えたとしたら母はずいぶん甘かったと言える。食事を断っても死ぬまでには、かなり長い日数がかかることを母は知らなかったのだろうか。

しかし子供の私は本気で母に「死ぬのはいやです」と嘆願したのである。何日目に、母が熱海から東京へ戻ったのか、私には記憶がない。ただその時以来、私は自殺は人目を引きたがる嫌らしい行為と感じるようになったのである。

もっとも私がそれ以来全く自殺を考えなかったかというと、そうでもない。私は一見明るく見えるようだが、本質は死に向かう性格だった。十代の終わりから、死を考えない日など一日もない。死の準備教育など義務教育のカリキュラムに入れなくても、自然に毎日自分を教育していた。ただその成果が確実に上がって、私が死に対して充分備えているかどうかは疑問である。

子供の時の体験にもかかわらず、私が死ぬ方が楽だと思ったのは、四十代の最後に視力を失いかけた時だった。生まれつきの強度の近視は私に人づきあいを恐れる性格を作っていた。だから小説を書くことしか生きる道はないと思っていたのである。

四十代の終わりに、私は両眼同時に中心性網膜炎を患った。この病気は繰り返すと視力障害を残すという。その治療のために打ったステロイドで私の若年性の後極白内障は一挙に進んだ。白内障自体は簡単に治る病気だが、私のように先天性の強度近視の眼は水晶体の白濁を取り除く手術中に硝子体のヘルニヤが起きる恐れもあり、眼底が荒れていて必ずしも視力が出ないかもしれない、という予測もあった。

私は現実に、眼を五センチくらいページに近づけて一字でも読もうと努力しただけでひどい頭痛を覚えるようになった。二十五年以上になる長い作家生活の中で、私は初めて六本の連載を休載した。周囲がどれだけ慰めてくれようとも、私はもう自分の書いた原稿を読み直すということも不可能になっていた。資料を読むこともできないから、長篇を書くことも不可能だろう。つまり作家としての生活は終わりだと思っていた。

ただ私は鍼灸師として再出発することだけはできるかもしれないと思っていた。私は視力障害から来る頭痛を取るために、自分で鍼《はり》を打つようになっていたし、人の体をもんであげても指先に眼がついているのではないかと思うほど勘がよかったから、正規に勉強すれば、必ず或る程度の鍼灸師になれるだろうと漠然と考えていた。しかし私は十二歳の時から、小説家になることだけを考えて生きて来たのだ。その小説を取り上げられるだけで、私はうまく生きられないような気がした。

あの光の集合体のような絵を描き続けたモネも、晩年は白内障の濁った世界に閉じ込められた。ジヴェルニーの睡蓮さえ、透明さも明瞭さも失い、不明確なチョコレート色に濁った世界に息詰まるように閉じ込められた。私の視界も同じだった。いくら電球を明るいのに取り替えても、世界は決して明るくならなかった上、もはや私の視野には一本の明確な線も澄んだ色もなかった。

その頃、私は現実的に自殺する手筈を考えたことはなかったが、夫に、私が万が一交通事故に遭って死んだら、それは本人の希望するところだったのだから、相手を非難するどころか感謝を伝えて、と言ったことがある。

前置きが長くなったことを反省しているが、自殺を忌避していた私がやはり老年になる前に死を望んだ。その深淵をどう抜けたかについて、小説家なら体験として触れるべきだと思ったのである。

私は見えない眼のまま、聖パウロの調査にトルコへ出かけた。内臓の病気でもないのに私が抜けると言うと、他の十二人の調査団のメンバーに悪かったからである。私たちはイスタンブールに集まり、その翌日には南東のアンカラに向かった。アジア・ハイウェイのスタートである。そもそもどれだけの距離があり、何時間かかる予定だったのか私は知らないのだが、バスはなかなか予定通り進まなかった。そしてその夕方もう本来ならアンカラに着いていてもよさそうな時刻に、バスはまだ幹線道路を走っていた。

その時、私はふと空腹を感じた。視力がいよいよ悪くなって以来、私は今食べようとしているものも明瞭には見えなかったから、ほんとうの意味で食事に対する興味を失っていた。しかしその日ばかりは、私は二、三時間の間、死ぬことを一瞬も考えずにいつ夕飯を食べられるだろうか、ということだけを考えていた。私は自分を笑わずにいられなかった。視力がないままに、私は食べて生きようとしていたのである。

自殺志望者には、まず断食をさせたらいい、と私は今でも思っている。それでも食べずに死んだ人だけが「ほんもの」だ。自殺者が多いのは、食べるものがない、ということの地球上のあちこちで見られるような普遍的な状況を、戦争を知る老世代は別として国民が一人として体験して来ていないという、日本社会の甘さに発している。

会社が倒産した。高利で借りた金が返せず、借金取りに追われる。親の希望する大学に入れない。ひどい苛《いじ》めに遭う。他にどんな問題があるにせよ、それは死ぬに価する理由ではない、ということがわかるのが尋常の賢さというものである。病気や戦争でない限り、それらのどれも人の命を奪うことはできない。殺してみろ、と居直れば、例外を除いてほとんど誰も殺せない。

昔から、現に今生きている状況が、生命の危機に直結しているような場合には、人は決して自殺などしないものである。今この瞬間を生き延びることだけが、唯一の明確な目的になるからだ。もちろんベトナム戦争、湾岸戦争、イラク戦争などの現場にいた人たちの中には、帰国後、ＰＴＳＤ（心的外傷後ストレス障害）などと呼ばれる後遺症に苦しみ、現実に自殺した人もいるらしい。しかしその危機の最中にあっては人はほとんどど自殺しない。

疫病や飢餓の最中にも人は死なない。あらゆる病には、治癒という明確な目的が自動的に見えるようになるし、飢餓も本当に末期にならない限り、食べたいという本能に支配される。私がアフリカのあちこちで見た限りでは、空腹は食欲を誘発するが、深刻な飢餓では時間が経つと共に、食欲が失われる。最期に近くなると、もはや飢えた人たちは食べなくなる。だから死にたいと思う状況は、現在死ななくてもいいという状況の保証でもある。

一人では怖くて死ねないので、知らない道連れをサイトで求める。そのようにして集まった人たちが自動車の中で練炭を焚《た》いて死ぬ。こういう弱い人たちは、むしろ死んだ方がいいと私は昔の自分と比べて思う。ただし、その前に教師や親や社会が次の一言をきちんと教えるべきだろう。本来は自分で悟るべきことだが……。

「借金も、受験に失敗することも、苛められることも、失恋も、その気になって二十年経てば、すべて必ず取り返しがつく。しかし取り返しがつかないのは、自殺することと殺人を犯すことだけだ」

自殺者が三万人を超したのが契機となって、厚生労働省は、相談体制を整えるように通知した。〝自殺対策基本法〟は二〇〇六年六月、国会で成立した。もちろんそれによって一人でも救えればそれに越したことはないというべきだろう。しかし本来自殺は、社会が救えるものではない。救うのはまず当人の生への本能であり、次には個人としてのその人と接触する他者である。つまり自殺したい人がもし誰かに心を打ち明け、相手が優しければ、その人は自殺志望者に同情するのである。同情という言葉は英語では「コンパッション」とか「シンパシイ」とか言うのだが、コンもシンも、「共に」という意味を持つ接頭語でなりたっている。つまり感情を共有する間柄を示すのである。しかし他者の運命に深く心を掛ける、ということの美を日本の教育は教えなくなった。自分の権利を要求し行使することは教えたが、共に運命をいたみ、時には自分が損をしてでも相手を救うことが、むしろ最低の人間の条件だ、などとは全く教えなかった。

教師と親たちは、その貧しい心情を深く恥ずべきだろう。しかしやはり死ぬのは当人の責任だ。

休ませてあげたい
――人間の能力の限界など、たかがしれている

口に出したくても言えないことというものがある、とこのごろ時々思う。

東京電力福島第一原発で事故の後始末をする人たちのことを私は時々考えるのである。事故の後始末の不手際が次々に出てきて、もぐら叩きそっくりに後手後手に回っている。東電は一体何をしているんだという人々の怒りも聞こえる。

悪い点はあっても、今あそこで働く人たちは、何よりも疲れ切っているのだ。そのことが私には気になってならない。

若い時から、私も疲労困憊するまで原稿を書いた。今は徹夜など、したくてもできないが、昔は夜通し書いたこともある。その過酷な創作の過程に耐えられたものだけが、

作家として残るのだという人もいた。

疲れると、何より判断力を失う。誤字も、文脈の乱れも気がつかない。今でも私は書いた原稿を、翌朝読み直して送ることにしている。私の注意力が、いかに努力しても、動かないところまで衰えることはよくあるのである。

東電の現場で働く人たちを、せめて一週間、眠りたいだけ眠るように休ませてあげたい、と思う。そんなことを言えば、あれほどの無責任なことをしておいて、何を言うか、その間にも現場では、さらに汚染水が流れ出るかもしれない、と言われるかもしれないが、疲れた人たちはもう何が起きても妥当な判断ができなくなっていて、かえってつまらないエラーが増えるようになるものなのだ。

人間の能力の限界など、たかがしれている。疲れれば自然に、思考をやめる。新しい解決方法の展開など期待する方がむりだ。とにかく休ませてあげて、日本が原発の処理に関しても世界的な技術を見せたという結末にしてほしい。

教訓的都知事選
――大局的、具体的な計算と思慮と戦略を

前都知事の突然の辞職をうけて二〇一四年二月に行われた都知事選挙は、なかなか教訓的なものであった。一つには細川と小泉という二人の元首相が、急にその選挙戦の現場に躍り出たからである。町の人も二人を一目見たさに立ち止まり、老人層は二人のシニアがどれだけ働けるものか、それによって自分のこれからも決めようなどと考えつつその抱負に聞き入り、生の演説を聞きに行けない私などは、マスコミを通じて何か自分のためになる知識を得られないか、とやや浅ましい思いで記事を読んだものである。

この選挙では、元首相組が「脱原発」「反原発」を「ワン・イシュー」として闘うという空気があったと聞いている。私は大学の英文科の出なのだが、学生時代から小説ば

かり書いていたので「ワン・イシュー」などという単語の使い方も知らなかった。

ほんとうに私はこの老練な二人組に、原発から脱却する現実的な方法を教えてもらうことを深く期待していたのだ。

東日本大震災で東京電力福島第一原発の機能が破壊される前は、原子力が日本の全発電量の約三十パーセントを占めていた。それに対して、石炭、石油、LNGなどの化石燃料の比率は約六十パーセントだったが、今はお金のかかる化石燃料に約九十パーセント近くを頼らざるを得ない。

私の友人たちなどが、最近飛びついて設置したものは太陽光の自家発電装置なのだが、これらは新エネルギーといわれる分野の中に含まれるのだろう。それは現在、日本の全発電量の約二パーセントにしかなっていないという。

そうした現実を「脱原発」「反原発」のお二人は知らなかったわけではないだろうが、さしあたりここから現実的に脱却する方法は全く示さなかった。現実を伴わない意見というものは中学生の学芸会みたいだと私は言ったのだが、「小学生ですよ、かわいいから」と交ぜっ返した人がいた。

はっきり言うと私もできれば「脱原発」「反原発」が願わしい。私だけでなく実に多くの日本人が、その方向に向かうことを素朴に願っているだろう。ただし、電力という一刻も止めることのできない生命線を切らさず、現実に日本経済をつぶさず、日本人の生活に支障を来さないという大局的・具体的な計算と思慮と戦略を持って、その方向に向かってもらわないと困る。都知事選は実に教訓的だったのだ。

第三章　焼き尽くすほどの恋に溺れれば、必ず火傷する

春は筍《たけのこ》、夏は鮎《あゆ》
——四季巡る風土が、日本人の勤勉さを培う

日本に季節があることが日本人の精神を作って来たのかもしれない、と思うことはよくある。

日本では衣替えをしなければならないが、私は毎年その時期になると億劫《おっくう》で嫌になる。私の知人に、衣服のことを考えるのが大好きで、翌日は着物を着て出かけるとなると、前日から心が躍るという人がいる。しかし私は心など躍らない。私の身支度は義務感だけで行われる。

言い訳をすれば、私は始終原稿に追われていて、何より大切なのは原稿の中身、その次が家族の食事であって、自分が着て行くもののことなど、ほとんど心を遣うひまもな

い暮らしをしてきた。

しかし日本の季節の変化は、私のような怠け者でも、否応《いやおう》なく勤勉にする。おしゃれは面倒でも、寒かったり暑かったりするのは嫌だから、セーターをひっこめてTシャツを出したり、オーバーを洗濯に出して夏物のスーツを出したりしなければならない。

昔私が育った家では、毎月月初めには父が掛け軸を替えたし、夏の初めには母が家中の障子を葦戸《よしど》に替えていた。今の私の家には床の間もなく、葦戸もない。

私は二十年近く前にシンガポールに古いマンションを買って、年に二カ月は向こうで暮らしている。戸棚の中には、ジュバと呼ばれるイスラム教徒の婦人たちの着る裾の長い民族服、Tシャツとスラックスが数本あるだけで、私はいつ行っても服装に不自由しない。シンガポールの人たちは、服装に凝らない。凝らなさ過ぎる。簡単を通り越して、これではファッションが生まれないと思うくらいだ。しかしそれも年間を通して同じような夏が続く土地だから、可能なのである。

この国は赤道近くにあって、自国には農業も牧畜業もないので、南北両半球から、果物でも野菜でも肉でもおいしいものをすべて輸入して食べている。羨ましいような話だが、それが日本と違うところだ。

ところが日本だと、春には春の、冬には冬のおいしいものがあるので、外国暮らしの私の友人たちは始終日本へ帰りたがる。春は筍、夏は鮎、秋は松茸《まつたけ》、冬は蟹《かに》と思うだけで望郷の念が高まるのだそうだ。

四季が忙しく巡り来る日本の風土が、厳しく煩雑な暮らしの変化を私たちに強いた。その忙しさこそが、日本人の魂の中に勤勉さと職人根性を作ったのは間違いないようである。

庭木の教えるもの
——若木を育てるには、老木が場所を譲ること

二〇〇六年に足首を折った後、私は新しくお世話になる医療関係者に、私の性格、生き方、好みのようなものをできるだけ簡単に伝えて、できることなら希望通りの復帰を叶えて頂きたいと思った。整形外科だけでなく、リハビリでお世話になる方も増えたからである。

「庭いじりが好きなものですから、せめて草取りおばさんに復帰したいと思います」と私は言った。私としてはつつましい希望を出したつもりだったのである。しかしそれはなかなかむずかしい目標だということがわかった。畑や庭というところは、一足ごとに着地する平面が平《たいら》でなく、微妙な曲がり方を足首に要求する。だから滑らかに歩くのは、

かなりむずかしいことだと言うのである。

しかし私にはしたい庭仕事がたくさんあった。海の傍《かたわ》らの週末の家には、私がでために植えた花や南方の木がうんと増えて、それらは絶えず切り戻したり、挿し芽をしたり、植え替えたりしていなければならない。

ゼラニュームは、毎年新しい色や品種を増やしていったのだが、少し気を許すとそれが草ではなく、木になってしまう。その場合は木部を切って、若い緑の部分の茎を新しい土に挿す。すると伸び伸びとした枝が出て、元気な花を咲かせるようになる。ブーゲンビリアもシコンノボタンもドラセナさえも、切り詰めねばならない論理は変わらない。

半人前と言いたいところだが、十分の一人前くらい庭仕事に復帰した頃、世間では「後期高齢者」を別枠にした健康保険問題が論じられ始めた。マスコミの意見の九十五パーセントまでが、これは「老人に死ねという切り捨て論」だといきり立った。もっとも私の夫は八十二歳の屁理屈老人で、「そんな分け方ではまだ甘い。もっと厳密に分けろ。初期高齢者、中期高齢者、後期高齢者、晩期高齢者、末期高齢者、終期高齢者、くらいにしろ」と笑っている。シンガポールの英字新聞はこの日本の騒ぎを書いて、「後期」に当たる言葉を「ラスト・ステージ」と表現している。もっと凄まじい。日本人の方がずっと言葉に傷つき易く、外国人ははるかに冷静に現実を見つめているという感じである。

とにかく庭仕事をやってみれば、老年というものの姿もよくわかる。若木を育てる方法は、老木が適切な時期に場所を譲ること以外にないからである。

庭を楽に作る法
――個性を支持し、その才能を伸ばす

湯河原の近くに、お祖母《ばあ》さまの時代からあった別荘に住んでいる夫妻が、或る時私の海の別荘に遊びに来てくださった。

私の海の家は、もう四十年ほどになるのだが、もともとは大根畑だったところを買い受けて、家を建てたのである。庭はどうしますか、と言われて、土のままにしておくと、乾いた日に家の中が土埃だらけになるから、芝生でも植えなければならないでしょうねえ、と消極的な返事をした覚えがある。私は植木の手入れにお金をかけるのが嫌だったので「芝生でも」と言ったのだが、芝生だってけっこう手がかかって苦労した。

私がそこに植えた大きな木は、たった二本のカナリー椰子《やし》だけだった。日本の露地で

も育つ数少ない椰子の一種だが、当時若かった私は、椰子の葉陰で昼寝をしたり本を読んだりする光景にも、けっこう憧れていたのである。しかし葉陰ができるほどの椰子は、一本十五万円もすると言われて、私はあっさりと諦めて、葉陰のできないほどの若木を七千五百円で買った。つまり庭箒《にわぼうき》を逆さに立てた程の大きさである。しかしこの椰子も四十年の間に、確実に十メートル以上の高さになった。

私はその庭に、とにかく南方と海の気候に適した灌木《かんぼく》を植えた。ブラシの木、プロテア、極楽鳥花、コエビ草、シコンノボタン、百日紅《さるすべり》、海紅豆《かいこうず》、ドラセナ……。

実は湯河原に住むご夫婦の家を、私はまだ訪ねたことがないのだけれど、話によると、深い森に包まれており、猿が門柱の上に座って客人を驚かせるのだという。ご主人はほんとうの教養人で、私がうかがったところによると、果たしてその広大な庭には、外来種の植物は一切入れていないのだという。

紫陽花、桔梗、ツバキ、山藤、エビネ、ホトトギスなどが咲く静謐《せいひつ》と共にある山の庭の奥ゆかしさを、実は私は最近になって憧れている。私の庭は荒々しい潮風を受け、嵐の中には波の音が轟いている。

庭も先天的な個性に支配されるものでどうしようもない。

湯河原の奥さまは、「私はこういう海の見える家に住みたかったんです」とおっしゃってくださったが、少し心遣いをすれば、どんな土地にもそれなりの見事な庭は展開する。

人も同じだろう。その人の個性を支持し、その人の才能が伸びやすいようにしてやることしかない。息子の進路にむりやりに注文をつけるような親は、庭を荒廃させる。

月夜の大根畑

——作物を無断で採ることは、信義と経済の破壊

一九七二年にまず韓国の元ライ患者の村の援助に手を貸すことになり、その後十年を過ぎて一九八三年から、私は海外で働く日本人の神父と修道女の仕事を経済的に助ける「海外邦人宣教者活動援助後援会（ＪＯＭＡＳ）」を発展的に組織することになった。日本人から受けていた寄付の金額が大きくなり、使途を更に明確にする必要ができたからである。外国への援助のお金は、しばしば向こうの政治家や慈善団体の役員たちが目的のためには使わず、自分や一族のために使いこみをする弊害を避け切れない。その点、日本人の神父や修道女たちは、任されたお金を厳密に使ってくれるし、いつでも私たちの現地監査に応じてくれる。

お金の使い道は、学校や診療所の建設、給食、薬やミルクの購入費、活動のための自動車を買うことなどが多いのだが、時々働く意欲の強い青年たちのために、現地で耕地を買ってほしいというのもある。日本と比べたら土地の値段はおそろしく安いので、何度か買ってあげることを承諾したのだが、その後の物語は、日本と大違いだ。

土地を買ってしばらくすると、必ずぐるりに塀を回したいのでその費用を出してほしい、と言って来る。「え？　畑に塀がいるの？」と日本の人たちは驚くのだが、牛飼いの部族が牛を連れて農地に入られたら終わりなのである。私が状況を運営委員たちに説明して、できるだけ安く、有刺鉄線などを使った塀を作ることにしてもらうと、まもなく今度は「夜警をおきたい」という要求が来る。金持ちの豪邸なら夜警も必要だろうが、「何で畑に夜警が要るのよ」とこれも日本人には理解しがたい。つまりアフリカの農地では、泥棒は数カ月かかった作物を、明日収穫するという前夜にごっそり盗んだりするので、どうしても夜警が必要なのである。

私の海の別荘は、冬はダイコン畑に囲まれる。時々私はマーケットに行き損ねて、ダイコンをほしいなあと思いつつ、家には一本もないという皮肉な状況に置かれる。お隣の畑の奥さんとは親しいし、一本頂いておいて明日そう言ってお金を払えばいいのだ、と思うこともあるが、私はそれをしない。作物は、一本たりとも無断で採ったら、それは信義と経済の破壊に繋がるからだ。

最近時々日本でも目立つようになった農作物泥棒は、日本の農業自体に対する凶悪な挑戦だから、その時には、日本中の高齢者が立ち上がって、年間を通して夜間の畑パトロールを実施し、こうした基本的な破壊活動に対抗しなければならない、と私は怒っている。

月明《げつめい》の夜の沈黙のダイコン畑は実に美しい。日本はまだ静かで平和な国なのである。

私の「格闘技」
――読書が、自由で解放された人生をもたらす

知人の奥さんに或る時、「何をして楽しんでいらっしゃるの？」と聞いたら、「格闘技です」という。ああ時代が新しくなったと感じて、嬉しくなった。

社会の道徳心が保たれること、厳正な警察の機能が働くことなど、すべて大切な要素だが、日本以外の外国だったら身をもって自分を守る力が要求される。健康も平和も、すべて人間の身の上に起こることは他人任せにしないで、八十パーセントまで自分の責任と思って知恵と体力で対応しなければならない。それに加えて実はもう一つ、自分を守るもっと柔らかい方法があると私は思っているのだが、それは表現力を磨くことなのである。

今の若い人たちの中には、日本人でありながら、日本語の読み書き会話がどれも一人前にできない人が増えて来た。読書をせず、パソコンと携帯にのめり込んで、友だちと生の付き合いをせず、手紙など書いたこともない、つまり文章を書いて自分の思いを伝える能力をまったく持ち合わさない人たちである。

私は一九九五年から約十年間、日本財団で働いたのだが、その間、私が目指したのは徹底した情報公開だった。誰が、いつ、どこで、何をした、何の目的で、いかに……という六項目を常に示して財団の活動を伝えたのである。人間だから失敗もある。現在はここまでしかわかっていないという制約もある。それを徹底して、人間的な側面も添えて公表し続けた。記者会見の時、笑い声が起こることもよくあったが、それは嬉しい反応で、私は防御的な気持ちにはなったことは一度もなかった。つまり私のたった一つの「格闘技」は、表現力だったのである。

子供も中年も読書をしなければ人間にならない。テレビやインターネットの知識と読書のもたらす知識とは全く質が違う。さらに日本語の文章を毎日書き、よく人と語らなければならない。その訓練をした人だけが将来、自由で解放された人生を送るのである。

柔らかな時代
——活気ある文化は、遊びから生まれる

文藝春秋という出版社は昔から華のある出版社であった。人間にも華のある人と地味だから落ち着く人とがある。そのどちらの世界もそれぞれに味がある。

その華の部分に昔は地方講演会と文士劇があった。

私は一九五四年、二十三歳の時、芥川賞候補となって賞には選ばれなかった。当時の芥川賞というものの扱い方は今と違って地味なものだった。候補になったことだけは知っていたと思うが、選考委員会の日に、知り合いの編集者たちも集まって、お酒を飲みながら結果を待つというような空気は全くなかった。仮にこの時私が受賞していれば、比較的若い作家の誕生があったわけだが、取材に訪れる記者など一人もいなかっただろ

う。文学というものは、そうした静かな日々の中でこそ、まともに育つような気がしている。

私が初めて「文春の講演旅行」というものに参加したのは一九六〇年のことだから、それくらいになると、私の名前も少しは講師として読者に知られるようになった、と社側が判断したのだろう。私が作家たちの人柄にふれる贅沢をさせてもらったのは、実にこの講演旅行だった。

文春の講演会は、大都市ではなくむしろ催しものの少ない地方に「文化的な空気を送り込む」ことが目的だったように思う。都会は総じて人の心もすれていて、講演会をやっても金儲けの足しにもならないと思うのか、「○○と××はてんで人が集まりませんなあ」という町が全国にいくつかあった。その一つが京都だったような気がする。私が好きだったのは人口三万とか五万足らずというような小さな町で開かれる時であった。のどかでいいのだが主催者側はいろいろなことを心配するものであった。行ってみたらちょうど田植えの真っ最中で、「町中が田んぼに出ているのに、何人入りますかなあ」と主催者は本気で気にしているのである。私は入ったって入らなくたって、別に大したことじゃないのになあ、と一向に自分の責任だとは思わないたちであった。

日程は二日か三日。夜六時頃から始めて、一人五十分か一時間ずつ。村の公民館、小学校の運動場なども使った。時代と共に、どの町にも同じような立派な文化会館ができたが、皮肉なことに、その機運と共に講演会も下火になった。文化とは、物質的な豊かさとはほとんど関係ないものなのだろう。

まだ初期の頃、鹿児島の講演の時、私が喋っていると、聴衆がくすくす笑いだした。私はハンケチで顔をぬぐい、顔に墨がついているとしても、どうして今ごろ笑われるのだろう、と不思議だった。数秒後にふと気がつくと、楽屋脇から迷い込んで来た犬が、（西郷さんの銅像にあるような姿の犬だったが）全く銅像と同じような姿勢でのんびりと私の足元に座っていたのであった。

文春としてはどこでも町で第一の立派な宿屋を用意してくれたと思うのだが、それでも初期の頃は、まだ廊下にトイレの消臭剤の懐かしい匂いが漂ってくるような宿もあった。私はド近眼で、周囲の状況がよく見えない。宿屋の廊下の曲がり角もなかなか覚えないのだが、トイレの匂いのよくする方に曲がると、自分の部屋に辿りつけるので、ほんとうに便利だと思ったこともある。

講演が終わると、土地の名士と宴会をする。官民接待はいけない、などという縮かんだ思想は当時の世の中のどこにもなかった。土地の受け入れ先はそれぞれで、ロータリークラブや日本青年会議所のメンバーが世話をしてくれるところも多かった。

宴会では名産のご馳走を供された。私は父がお酒を飲まなかったので、酒席の作法も知らず返杯の習慣も面倒だったので、ほとんどお酌というものをしない気の利かない女を通したが、深く感謝しなければならないのは、こういう場所で料理を覚えたことである。私が五十歳を過ぎてから、突如として料理がうまくなり、今では毎日道楽としても台所に立つようになったのは、とにかくどこかでご馳走を食べさせてもらったからだと思う。

講師も二人か三人。中に人気漫画家が必ず入るという構成の時代もあった。漫画家の先生は壇上で即興の作品を描く。ああいう芸があるといいなあ、と私はいつも羨ましく思っていた。二日、三日と続く講演では、誰が一番に喋るかという順番は合議制や編集部の判断で決めた。自分は一番後で喋るべき重鎮だと思っていた人もいただろうが、私は早く終わって心理的に楽になりたい口だった。最後の人が終わって宴会になるのは九時近くだから、始まる前に軽食を摂る。今でも忘れられないのは、開高健（以下文中一部敬称略）、小松左京、私の三人の時だった。大体年もほとんど同じである。戦争中飢えを体験した世代で、戦前はまだ少年、戦後は半分大人であった。しかし「食の鬼」癖だけは残っている。朝は普通に食べて午前十時頃出発の時間になっても、開高健と小松左京の二人は部屋に入って何かしている。「いづうの鯖寿司」を食べながら「これはお十時」と開高健は言った。お昼は綾部の近くのすき焼きのおいしい店に遠回りして寄り、前日の会場で開高ファンがくれてそこまで大切にぶらさげて来た籠の松茸を切って出してもらった。お皿を見て開高さんは「何だか少し足りないような気がする」と言った。開演前にはまたお蕎麦か何かを食べ、夜は大阪の辻調理師学校で特別のフランス料理をご馳走になるという毎日である。酔うほどに開高さんは能弁になり、結果的に旧カナ遣いで喋り出す。「僕、おもふに」である。二人にご馳走を食いつくされるのが悔しかった私は、負けまいとして食べ、帰るとすぐに小腸炎になった。

講演会では文春の樋口進さんという写真部のベテランが、すべてを大人の眼で取り仕切ってくれた。川口松太郎、安藤鶴夫、私の三人の組み合わせになると、自然私が順番の真ん中に出て行って喋ることになる。この三人は生粋の東京人で（私は喋れないのだが）二人の紳士たちは生きのいい東京方言の最後の使い手であった。NHK日本語とは全く違う「東京原人」「土人」の使う誇り高き言語である。今思うと一種の文化財だった二人の会話をなぜ音声として残しておかなかったのだろう、としみじみもったいなく思う。

安藤さんの題は『たい焼き』というので「尻尾の方まで、ずっぱとアンコ入ったたい焼き」という時、ずっぱにお腹の底から出るような力がこもる。この講演は、私のような思いつきで喋るのではなく、きちんと起承転結が決まっているので、私が舞台の袖にいる樋口さんに「後、何分くらい？」と聞くと「一分四十五秒」というような答えが返るくらいの名人芸であった。つまり樋口さんも名人だったのである。

私が芸者遊びや骨董店覗きを教えてもらったのも、川口松太郎氏からだった。川口氏は私の母と同年の明治三十二年生まれで、私はほんとうに可愛がられ教育された。新潟で鍋茶屋に寄ると、川口氏は「オイ、婆あ、まだ生きてるか！」と大きな声をかけながら長い土間を入って行く。眼の大きな粋な女将は、川口松太郎の長年のしゃれたガールフレンドという感じだった。その後で、二十人近い振り袖芸者を挙げて、天国のような遊び方を教えられたのである。

文士劇は、秋に一度、行われるのだが、本気でうまい人と、てんで真面目にならない人と半々だった。今東光氏は、本番ぎりぎりの新幹線で上京して来て、いきなり舞台に出ると、自分のセリフとしては「聞いたか、聞いたか」しか覚えていない。坊主のセリフといえば「聞いたか、聞いたか」に決まっているのだ。その後はくるりと後ろを向き、プロンプターに「おい、それから何だ」とかなり大きな声で聞く。それがまた人気の的だった。

私は芸無しだから、出演にはあまり気が進まなかった。女流作家でも有吉佐和子、平岩弓枝などはプロに近いのである。強いて言えば、私は子供の時、日本舞踊を習わせられ、ぜったいに才能がないということの保証済みの身だったが、踊りの基本には馴れていたからかもしれない。一九五八年の『助六』では、三島由紀夫の髭の意休、石原慎太郎の助六、有吉さんと私が花魁に扮し、深沢七郎も通人里暁の役で出ていた。その稽古は松竹本社の畳敷きの稽古場で行われていたのだが、その最中に時の皇太子と正田美智子さんのご婚約が発表されると、私の近くでテレビを見ていた深沢氏は美智子さんのことを「きれいな人だなあ」と感に堪えたように言った。この言葉と、後年深沢七郎が書いた『風流夢譚』という作品との心理的繋がりが、私にはずっと見えないのである。

川口氏とは『藤十郎の恋』でお梶の役もやった。原作は、子供の時から読んでいて大好きなものだった。川口氏は徹底して二枚目の藤十郎を演じたが、私は不真面目で、本番の時「あんまり銀座のバーにばかり行かないで……」と勝手なセリフをつけたが、川口氏は決して怒らなかった。

シャンソン歌手で推理作家でもある戸川昌子とも『白浪五人男』に出たことがある。戸川さんと私だけがずっこけていて、セリフを真面目に覚えなかった。私にすれば、あんな意味のない掛詞みたいなセリフは到底覚えられるわけがないのである。二人はアンチョコの紙を作ってそれを傘の柄に張りつけ、ちらちらと眺めることにしたのだが、こういうずるは観客にすぐ見破られ「目つきがおかしかったよ」と褒めてもらった。

こうした無駄なお遊びが消えた頃から、文学も衰亡期に入ったと思われる。文学が、人権のためだの、平和のためだの、と偉そうなことを言い出すとそれはもう真の文学ではなくなる。人権も平和も、作家が生な言葉で口にすべきものではなく、溢れ出る人生の断片を文学として昇華したものの中から、読者が汲み取るべきものである。その頃から柔らかな時代は去ったと思えばいいのだろう。

世も末
――人を非難する時に使う便利な言葉

「世も末だ」という表現がある。これは別に、深刻な終末思想から出たものではないだろう。自分がまっとうだと思っている人が、そうでない人を非難する時に使う便利な言葉だ。

一頃、電車の中で化粧する女性がたくさんいて、「世も末だ」と言った人もいた。実は化けているのに、素顔でもこんな美人なのだと思わせるための策略だったはずだ。衆人環視の中で、ブスから美人に変身する過程を見せてはだめだ。

隣り合って窓が開いている場合、わざわざ下着だけこちら向きの窓に干す老女がいるという。気味が悪いというべきか、無教養をさらけ出しているというべきか、誰にもその心理はわからない。

或る時、隣家の女性に「お宅、大根ありますか？」と聞かれた人がいた。ちょうど買ったばかりの時だったので、思わず「ええ、ありますけど」と答えると、「大根ちょっと貸してください」と言われたという。大根はおろしにして使っても、必ず短くなって返ってくるものだ。何センチ減らしました、という言い方が簡単にできるものではない。

或る人が玄関のベルが鳴ったので出てみると、隣家の中年の奥さんに「お宅に箒と塵取りあります？　ちょっと貸してくださらない？」と言われたという。秋の強風の後であった。

「塵取りと箒も買えないほどお金のない人なの？」

と私が聞いてみると、

「そんなことないわよ。最近風のプレハブの、ちゃんとした家を建てた人ですもの」

ローンは残っているとしても、一応門がある家だ。門があれば門前もあるだろう。一体今までゴミはどうしていたのだろう。箒が壊れたなら、ごく自然な言い訳として、「後で買いに行くつもりですけど、とにかくこの落ち葉が気になりますので」くらいは言うのが普通だ。

私は先日、美容院でパーマネントをかけてもらった。若い新人の美容師が、私の髪から一本のロッドを外してかかり具合を見た後で、「もうしばらくおきます」と言うので、私がそのまま椅子に座っていると、「どうぞシャンプー台にいらしてください。お流しします」と抑揚のない調子で言う。シャンプー用の椅子に座ると、彼女はすぐにロッドを外して私の髪を洗い始めた。

私はもう少し楽に日本語の通じる日本にいたい。決して「世も末」と言うわけではないけれど……。

彗星の恋

――焼き尽くすほどの恋に溺れれば、必ず火傷する

私が子供の時から天文学にあまり興味を示さなかったのは、言い訳になるが、強度の近視で、星などまともに見えたことがなかったからだ。自分が広大な星空の下にあると思えたのは、ちょうど五十歳になる直前に眼の手術を受け、かつてなかったほどの視力を贈られてからである。

人生が見えるようになった私は、五十二歳の時にサハラ砂漠を縦断し、砂漠にとりつかれ、後半の人生をごく自然にアフリカと関わりを持って過ごした。

二〇一三年十二月にアイソン彗星が地球に近づくというニュースに少し興味を持ったのは、よくなったはずの私の眼で、それが少しでも見えるのかどうかという、ただそれ

だけの興味だったのである。しかしこの期待の彗星は、「太陽に最も近づく近日点に到達する前に崩壊し、蒸発したと考えられる」という発表があり、多くの愛好家たちをがっかりさせた。

アイソン彗星は簡単に言うと一種の氷の塊なのだ、という。それが太陽に近づき過ぎれば、融けてなくなる、つまり自滅するのも当然だ、と解説してくださった人もいた。私はこの説明を人ごととは思えずに聞いていた。

世の中には「危険な恋」や「近づきすぎない方がいい間柄」という存在がある。どちらもほんとうは相手が好きなのだ。近寄って行きたいのだ。しかしこうした恋の周辺を考えると、自分が相手にとって、どうしても迷惑な場合もあるのだということもわかる。

多分私は利己主義で、自分が傷ついたり、死んだりするのは、嫌なのだろう、と思ってはいるが、一方で私は、ほんとうに好きな恋のためなら、多分死ぬのもいいとも思っているのである。

ただ私に今までそんなドラマチックなことが起きなかったのは、私の中に分裂したものがあって、書くものでは、思いきり自分をさらけ出す心の用意もあるが、実生活では世間の片隅にひっそりと生きるのもわりと好きだからであった。太陽は明るく輝く眩しく熱い存在だから、その近くに寄っただけで危険なことだとは最初からわかっている。焼き尽くすほどの恋に溺れれば、必ず火傷する、と昔から人は言ったものなのだ。

それに自分だけが燃えてなくなるならまだいい。しかし時と場合によっては、死ぬほどの思いで近寄ったら、相手に迷惑がかかるだろう、と私はいつも恐れている。

自分の始末

——後片づけが現世の務め

昔から後片づけ、というものが現世の務めであった。子供の時に、とり散らかした玩具を片づけなさい、と言われてうんざりした記憶がある。私が片づけものを好きになったのは、実は最近、死が確実に見える年になって来た時からである。

私の母は、性格のきつい人で、晩年は世話をしてくれた人を困らせもしたものであった。昔の女学校をやっと出た程度で、今のように大学や大学院などのような高い学歴を持った人ではなかった。

しかし八十三歳で亡くなる前になって、半分惚けたように見える時代が何年か続いたにもかかわらず、私たちが彼女の死後になって知った整理は見事なものであった。

母が寝つくようになる前に、私は母に勧めて、大したものではないにしても、指輪などをかわいがっている姪たちにあげてしまいなさい、と言ったことがある。

「女は誰だって年をとるのよ。少しでも若くてきれいなうちに、指輪をはめてもらう方がいいじゃないの」

母は、甥には自動車を買ってあげる、と言っていたらしい。私もそれには大賛成だった。私は既に収入を得るようになっていたから、母はかわいがっていた姪や甥を、ささやかな生前贈与で幸福にしてあげればいいのである。

もっとも甥にあげたお金はたった十五万円だったそうで、甥、つまり私からみると従兄は「困っちゃったよな。これで自動車を買えだからな」と笑っていた。それで私は、「そちらで足して、セコハンでも何でも買って『こんな立派なものが買えました』って言ってあげてよ」と二人して母を納得させる画策をした。母の頭の中では、貨幣価値も狂っていたし、どんな程度の自動車がいくらするのかも全くわからなくなっていたのである。

死後、私は母の遺品を見て驚いた。着物は私が母に贈った琉球紬二枚と寝間着用の浴衣だけ。草履は一足しかなかった。これでもまだ病院に行くことがあったら、その時、履物がないと困るだろうと思って残したのだという。

母は病中、下手な和歌を作っていたが、そのためのノート一冊買わず、当時はまだ一般的だった四角い白い薬包紙に書きつけてあった。下手な歌には、その程度がいいと思っていたらしい。ちょうど、貯金も尽きかかっていた時でもあった。私たち夫婦は幸いにも親たちのお金がなくなっても、別に困らないほどの収入を得るようにはなっていたが、それでも母からみると律儀な死に時を選んだのかもしれなかった。

母の死後、遺品の整理は半日で終わった。

ものが捨てられなくて、老年になっても家の中が品物で埋まっている、という人の話を聞くと、その気持ちがわからない。私たちは、遺体の始末だけは人にしてもらわねばならないのだが、その他の点では、自分のことは自分で始末していくのが当然のことなのだ。

第四章　安心して暮らせる保証などない

魂の輝く時間

——思考が内向きになった時、精神は燃え上がる

たいていの日本人は電気のない暮らしなどしたことがないから、夜の時間の尊さなど、実感したことがないだろう。

私がそのことに気がついたのは、初めてのサハラ砂漠縦断の時だった。もちろん夜は、ただ砂の上に寝袋をおいて寝るのである。

砂の海に入って数日目に、私はいくつかの「違和感」を日記に書きつけた。私は健康だったので、肉体的に何も辛いことはなかった。しかしいくつかの予期しなかった「違和感」はあった。その一つが、夜の時間を使えないことだった。

もっとも私は昼間、六時間以上運転を割り当てられて、ほどほどに疲れている。だか

ら眠れないのではない。しかし私は夜、日記をつけることを義務のように感じていた。

昼間は単調そのもので、何の変化もない。とにかく三百六十度、見渡しても、人も村も何もないのだから、日記につけるべき変化がない。その変化がないということを、一日が終わってから記録することは必要だったのである。

私は炭坑で働く人たちなどが頭につけているようなヘッドランプの光で、日記を書いていたのだが、つくづく柔軟で人間的な思考の広がりは、満遍《まんべん》ない光が、お互いの顔や部屋全体を照らすような空間でないと無理なような気がした。

アフリカの田舎の、電気がないので弱い自家発電の明かりの下で暮らす日本人のシスターたちは、決して生活の不平を言うような人たちではなかったが、たまに笑いながら言うことはあった。

「修道院の連絡の集まりはたいていてい夕飯の後にやるんですよ。昼間はいろいろな所に働きに出ている人もたくさんいますからね。でもこのごろ、皆老眼がかかって来て、細かい字が見えなくなったの。ことに数字が見辛くなったんですよ。それで連絡の集まりは昼間にしようかという話も出てるんですけど。日本人にとっては、夜の時間が使えないってことはほんとうに不便ですね」

夜の時間は、人間たちにとって、魂の輝きを見せる時なのではないかと思う。思考が内向きになった時、その人の精神は燃え上がる。外向きになっている昼間だけでは、外部から取り入れる刺激をまだ充分には消化しきれていない。

人間が人間になったのは、多分電気を得て夜の時間を使えるようになってからなのだ。

電気のない国に民主主義はない
――人間にはわからない分野があっていい

二〇一一年三月十一日以来、人々が電力について語る時、ほとんどが原発賛成か反対か、という極端な視点ばかりになった。

小説家というものはもともと「小なる説」を唱える職業で、むしろ大なる説を唱えたら自分の立場を失う。私は東日本大震災の東京電力福島第一原子力発電所の事故以来、原発賛成か反対かは一切口にしていない。その理由は簡単だ。私はもともと理科的な頭がなくて、原発の可否などという大きな問題がわかるわけがない。人間にはそれぞれに理解の分野と限度があり、自然科学的世界の知識に深い人の多くは、科学的発見やインフラそのほかの仕組みを作るのに大きな功績を残すが、人文科学的世界に生きる我々から見ると、人の心に関しては荒っぽい見方しかしていない。

それが当然だろう。人間にすべてがわかったらおかしいのだ。人間にはわからない分野があっていいのだ。それだからこそ、自分にはない才能を持つ他者の存在を大切に思う。しかし世間の多くの学校秀才はそれを容認しない。秀才にはすべてがわかると思い、自分以外の人の存在を軽視する。

私は「科学的な頭のない小説家」として原発問題には言及しないことを、もう二十年以上も前、一九九〇年初めに「すばる」という雑誌の連載の中で書いている。三・一一以後もその姿勢を崩していない。

一九八三年に私が「海外邦人宣教者活動援助後援会（ＪＯＭＡＳ）」というＮＧＯを始めたのは、文字通り海外で働く神父や修道女の活動を経済的に支援するためだったが、私がこうした人たちに、大切な寄付金を使ってもらおうとしたのは、世界中が泥棒だらけだからであった。アフリカなどの土地では、自分の国の貧しい人たちにお金やものを渡そうなどという気持ちはほとんど誰にもない。「偉い人ほど多く盗む」ように見える。貧しい人が「清く正しく美しい」などということは日本の特殊事情であろう。

それらの国が民主化どころか、二十一世紀になってもまだ一人の大統領とその一族が、権力と富を独占するような形態にあるのは、どうしてかというと、第一に大きな理由は、電気がないからなのである。

私は援助した国で我々のお金が目的通り使われているかどうかを、今までに百十九カ国以上見て回ったが、その間にはっきりとわかったのは、「電気のない国に民主主義はない」という明確な事実だったのである。

放牧民《ベドウイン》の水瓶が壊れた
――生命を支える資源への感謝

電気の供給を受けることなく暮らしている人たちが、地球上に約二十億もいるというのに、先進国の人々は、電気のない暮らしというものをほとんど想像できない。「冷たいビールが飲めないでしょうね。アイスクリームが融けますね」などと言われると、融ける前に凍らせることができないんだ、と私は言いたくなる。とにかく電気がないとあらゆることが不可能なのだ。

電気がないと、水道の機能も保てない。日本人はまだ、広域に及ぶ大規模停電とその結果として起こる断水の不便を体験として知らないのである。早朝に起こった阪神・淡路大震災の時、電気は当日の午後には復旧した所もある。しかし水は長い間出なかった。

水道管が破壊されたことが大きな理由である。

しかし庶民が高層住宅に住む可能性は年々増えている。停電の場合のこうした住居の最大の難点は、エレベーターが使えなくなることと、水道が出なくなることだ。

一九七五年のレバノンの内戦の時、ベイルートに残った日本人の外交官によると、食べ物より何より、水洗トイレが使えなくなることが決定的な不便だった。食料はなんとかなる。缶詰を開けて、それをそのまま底からロウソクの火で少し温めて食べても、どうにか過ごせる。しかしマンションの上層階まで、水洗トイレ用の水（たぶん一回にバケツ一杯は最低必要だろうが）を持って上がることは、エレベーターが停まっている状態では至難の業だ。

電気がないと、当然のことだが、テレビやラジオや電話の恩恵に一切与《あずか》れないことになる。携帯電話は使えそうなものだが、そういう土地では、充電もできないわけだし、電池を売っているような店もないか、あっても人々は貧しいからそんなものは買えない。店主が狡くて、切れかかった電池を新品だと偽って売る場合も大いに考えられる。つまり情報というものは、現実問題として一切伝達されないのである。

都会が停電になり水が出なくなることを、当時ベイルートの人々は実感を込めて「放牧民の水瓶が壊れた」という言い方をしていた。砂漠の放牧民は、もともと少ない水で暮らすことに馴れてはいるが、昔ながらの水を運んだり蓄えたりする瓶が（今はいわゆるポリタンクになっているが）壊れては生きていけない。大都会で電気がなくなることは、放牧民が水瓶を失うのと同様、決定的に生存を脅かす要素であることは、今も変わらないのである。

手術室のドラマ
——貧困の生涯を変える奇跡

二〇一一年六月、私はマダガスカルに行っていた。この年から、昭和大学の形成外科のドクターたちが、マダガスカルの貧しい家庭に生まれた口唇口蓋裂《こうしんこうがいれつ》の子供たちに、無料で手術をしてくださるプロジェクトができていて、その後方支援に行っていたのである。つまり日本から数百万円分、約一トンの薬品や器械を、バンコク経由、マダガスカルのアンタナナリボ空港まで一個もなくさずに運ぶために手を回すことが、私の役目なのである。

日本の人たちは飛行機の運営だって電気的に完全に処理をしているから、預けた荷物は目的地で必ず出て来るものと思っている。しかしアフリカ大陸では、決してそうではない。人間の手で荷物の処理をするから、十個預ければ、どこかで一個、二個なくなるということはよくある。もしメスと針と糸の入った箱がなくなったら、いかなるドクターも現地で手術はできない。だから私の仕事は、直接労働をするわけではないが、気の休まるものでもないのである。

現場は、マダガスカルの首都から南に百七十キロメートルにある地方の町の小さな私立病院。そこに、私も働いていたNGOがお金を出して建てた国際的なレベルの手術室の設備がある。予備電源も備えた本格的なものだ。

口唇口蓋裂は今日本でも五百人に一人は生まれているという。口唇裂の方は鼻の下に目立つ裂け目があるから一見してわかり、口蓋裂は上顎から鼻にかけて、口中でさまざまな形の奇形による穴が開いているので、食物が洩れたり、発音が不明瞭になったり、社会生活がむずかしい。今日本でひとりもこうした人を見かけないのは、病気の赤ちゃんには必ず適切な時期に、精巧な手術が行われているからである。マダガスカルの手術室も、麻酔から消毒、照明まであらゆる機能すべてに電気が引かれている、というと日本では当たり前だが、それだけの設備が国内にないのである。設備も日本製、医師たちも日本人、すばらしい光景である。

マダガスカルではまだ口唇口蓋裂の子供は世間から隠されて家の中にいる。国中に、お金も設備も医師も技術もないのだから、貧しい子供たちは一生隠れて生きる他はない。裂けた唇を表から粗く縫うことはできても、口蓋の穴をふさぐ技術を持つ医師は国内にはいないのだ。

日本のドクターたちはそこで約十日間、朝八時から夜八時まで十二時間働く。電気があるというだけで、そこではひとりの貧しい家庭の子供の生涯を、がらりと変えるほどのドラマが可能になっている。

二　個の光源
――安心して暮らせる保証などない

東日本大震災のずっと以前から、私は文章に書いたり、講演の時に言ったりしていたことがあった。それは「安心して暮らせる」という耳障りのいい言葉ほど、インチキはないということであった。

この言葉をもっとも多く使うのは政治家だが、驚くことに、老人世代も、テレビのアナウンサーも、平気でこの言葉を口にするのである。政治家は「安心して暮らせる」生活を約束し、老年は自分が「安心して暮らせる」状況を社会に要求する。現世という所には、「安心して暮らせる」保証だけはないということが、政治によって世の中を率いようという人にも、深い体験があるはずの老人にも、教養があるということになっているアナウンサーにも、まだ認識できていないのである。

私たちは自分が生まれて、生きてきたその経過を、どこかで確実に実感していなければならない。

私は何度か砂漠で暮らした。初めて行った五十二歳の時には友人たちとサハラを縦断した。ラリーではなく、日本製の四駆で、アルジェリアのアルジェから、コートジボアールのアビジャンまで、八千キロメートルほどを一カ月以上かけて走ったのである。砂漠の夜は、現世のものとは思われなかった。満月の夜のサハラには月光が眩しいほど溢れていて、私はほとんど眠るのを惜しんでいた。もうこの世ではなく、あの世にいるのではないかと思ったのである。

砂漠の暮らし方にはちょっとしたこつがいる。夜、野営する時、皆、砂漠を少なくとも五十歩は寝ている場所から離れて用を足そうとするのだが、満天の星あかりはあっても、手元を照らす懐中電灯だけでは、自分の寝袋の所に帰って来られない。

砂漠では必ず二つの光源が必要だった。懐中電灯は自分が出発した地点に一個。そして現在歩いている足元を照らすのに一個である。

一口に砂漠というが、岩漠、土漠、砂漠、あるいはそれらの混合したものがあるから、足元を照らす灯がなければ、人は岩の裂け目に落ちる恐れもある。二個の懐中電灯は、自分の出自の起点と、現在の状況を支える深い意味を持っているように私には思われた。

しかし、都会の灯はまんべんなく周囲を照らすから、こんな簡単な関係も忘れていられる。人間は誰でも原始人のように何もない地点から歩き出して、現在の豊かさの中に置かれたのだが、そんな自覚など全く持たずにいられる忘恩という危険に、現代人は陥ったままなのである。

ゴジラの卵船
——忘れえぬタンカーでの旅

二〇〇四年、私は長年の念願だった液化天然ガス（LNG）を運ぶタンカーに乗せてもらって、シンガポールからカタールまで行った。私は若い時に偶然、商船に関する勉強をしたことがあって、後年日本財団（日本船舶振興会）に勤めた時もけっこうその知識が役にたった。しかしタンカーにだけは乗ったことがなかった。タンカーの多くはサウジアラビアで油を取るのだが、サウジは外国から訪れる女性を、ジャーナリストであろうと入国させない国として通っていた。

日本のタンカーはホルムズ海峡を入ると、湾岸の各地の相場を取って油を買う場所を決めるらしいが、もしそれがサウジだということになると、私は下りられないので、船に乗ったまま日本に帰ることになる。そんな時間はないので、それまで行き先の決まらないタンカーに乗せていただく機会がなかったのである。

しかし商船三井のLNG船は、カタール石油とLNGを買う契約をしているので、間違いなくカタールに行く。やっと私の願いは叶えられたのである。

私が便乗した「アル・ビダ号」は約十万トン。船の長さも三百メートルあった。デッキの上には直径三十七メートルの巨大なタンクが五個載っているので、私は「ゴジラの卵船」と呼んでいた。

シンガポールを出るとしばらくはマラッカ・シンガポール海峡を通るのだが、そこは海賊の出る海域である。その間船は内側からあらゆるドアを頑丈に施錠して、後方へ向けて高圧で海水を放水し続ける。

船は十日目の午前七時、草木一本ない、灼熱のラスラファン港に接岸した。接岸時にタンク内の温度をマイナス百六十一・五度に下げるように計算して走って来たのである。温度が高くなると液化ガスは危険になる。接岸と同時に二十四時間かけてLNGを積み込むと、翌朝にはすぐに日本に向けて出港する。十五日かけて本土の海域に近づくと、そこでどの港に着くかの指令を受ける。

　これを繰り返して十カ月間、日本には帰っても我が家を見たことはないという人もいた。

　私はエネルギー問題を考える時、いつもこのＬＮＧのタンカーのことを思う。火力発電所では、遠い炎暑のラスラファンから運ばれて来たＬＮＧの「生涯」を見届けたという気がする。「そんなことができて羨ましいですね」と言ってくださった電力会社の方がいたが、私もほんとうに作家の取材という贅沢を申しわけなく思っているのである。

長い夜の過ごし方
——原始的な生活の気楽さ

電気の恩恵を一番日常的な、娯楽や知識の取り入れ口として使っているのは、テレビであろう。もっともこれは、電気があるだけではだめだ。テレビの電波が国の隅々まで届くように、システムが整わなければいけない。

簡単に言うけれど、それができる国はそうそうあるものではない。昔は日本でも、「ここは電波の映りが悪くて」などという言葉を聞いたものだった。

テレビがないと、人はどういう生活を送るかを、日本人は考えたこともない。途上国や砂漠の周辺の、原始的な暮らしの人たちは、夜明けと共に起き、日没と共に眠る。家には本もない。ノートやボールペンといった筆記具もない。本屋はもちろん、文房具などを売っている店が何十キロ以内にない土地などいくらでもあるから、人々は書いたり読んだりしない。字の読めない人々も別に困りはしないのである。

そういう人々が饒舌に語って時間をつぶすかと言えば、そうでもなさそうだ。彼らは喋るべき話題に触れる機会がない。私たちは地球上のどこかで事故が起これば、それをテレビで見て、何万キロ離れた所の事件でも、感動したり憤慨したりして喋っている。しかし砂漠にはよそ者も訪ねて来ない。郵便も新聞もない。四季もない。店屋もレストランもない。だから喋るべき話の種もほとんどなくて当然なのである。

しかし気楽と言えば気楽だ、と私は思ったことがある。私たちがしばしば困らせられる「故障」というものがないのである。機械というものがないから、当然のことだ。テントが破れたり、その釘が抜けたりすることはあるが、それはお父さんが修理をすれば直る範囲のできごとだ。ラクダが病気になると、お灸をするか下剤をかける。お灸は松《たい》明《まつ》の燃え残りのような火種を頬とお腹に押しつける。腸が悪い傾向の時は、ヒマシ油と同じ原理で、油を飲ませる。

オアシスの村では、誰かの病気、結婚、葬式、子供が生まれることくらいが、大事件だ。しかしそれも毎日のことではない。

アフリカの人口増加をどうにかして止める方法はないでしょうか、と本気で聞かれることがある。昔から青年海外協力隊の若者たちなどが、真面目に言っていることだが、対策は電気を引いてテレビを生活に導入することだという。何もすることのない夜長には、人々のできることはたった一つだからだそうだ。

電気的筆記用具
――発明の力が生み出した革命的な恵み

作家の仕事に必要な道具ほど簡単なものはない。紙と筆記用具と平面さえあれば、どこででも書ける。コーヒーショップのテーブルの上であろうと、新幹線の中であろうと、どこででも書けるのがプロの作家だと私は思っていた。しかし神経質な作家も当然いるわけで、揃えてある鉛筆の削り方一つでも気にいらないと仕事が進まないという。私は作家なら神経質でも許されるだろうと思う甘えた心理が好きでなかったので、少しずつ自分を鍛えているうちに、自然にどんな場所でも雑音の中でも書けるようになってしまった。

しかし私には初めから別の弱みがあった。生まれつき強度の近視のために、恐ろしく視力がなかったのである。幸いにも日本では、常にトップクラスの医学的技術の恩恵を受けられたから、私は常に眼鏡を調製してもらい、後にはコンタクトも使ってみたが、根本的な解決にはならなかった。

私はいつも首を机の面に水平に近く傾けて書いていたために、重い首を宙づりにする姿勢を取らされていたのである。首と肩の凝りをとるために鍼に通いマッサージを受け、かろうじて職業病と闘って数十年が過ぎた。

一九七〇年代の後半だったと思う。私の男の友人の一人が初めてワープロなるものを買った話をしてくれた。それは畳一枚分くらいの面積を取る巨大な機械で、確か四百万円くらいしたのである。その機能を聞くと羨ましくてならなかったが、そんな高い機械を買う気にはとうていならなかった。私たち夫婦が初めてワープロを買ったのは八〇年代になってからである。当時、機械の大きさは充分にデスクに載るくらいに小型化されていたが、値段は百二十万円くらいした。ほとんど軽自動車と同じくらい高価だったのである。

しかしそれは私にとっては革命的な筆記用具であった。昔の英文タイプライターは、ミスタッチをすると消しゴムで消さねばならなかったし、文章の位置を入れ換えるなどということもできなかった。

何よりも私にとって画期的だったのは執筆時の顔の角度が、今までより九十度上がったことだった。それによって私の頭は背骨と頸椎の真上に位置するようになり、頭蓋骨全体の重さを頸椎だけで支える必要がなくなったので、頭痛も肩凝りもほとんど取れた。電気を使う個人的筆記用具の普及はやはり革命的なことで、そのおかげで私は長い年月書き続けることができるようになったのである。

電源病？

——複雑な精神で生き、自分を強く鍛える

そのアメリカ人の作家の名は、フィリップ・ロスというのだが、名前はどうでもいい。私は今一人の作家によくありがちな、運命的な心の変遷を気にしているだけだからだ。

フィリップ・ロスは有名な作家であり、日本にもファンは多い。

一九三三年、ニュージャージー州のユダヤ系アメリカ人の家庭に生まれた。シカゴ大学を卒業し、その作品はしばしばユダヤ主義的な思考に支えられているにもかかわらず、彼は自分がユダヤ人であると思われることを嫌い、「アメリカ人だ」と言っていた。

九〇年、女優のクレア・ブルームと結婚したが、九五年に離婚、クレアはその後、夫であった彼について、痛烈な批評的文章を発表した。

それよりも世間が注目しているのは、このピューリッツァー賞受賞の、強烈な個性で書き続けた作家が、二〇一二年「もう自分は書かない」と断言したことだろう。「もう私の小説は終わったんだよ。私はもう読みたくもない、書きたくもない。小説について話したくもないんだ」

この言葉は老年の作家がしばしば陥る鬱病の兆候ではないかとさえ思えるが、私は自分が同じような仕事をしているだけに、実は作家の内面など、他人にはわかるものではない、と思っている。私はまだ、自分には書くことがあると思っているが、それもいつ幻のように消えないとも限らない。しかし私もまた昔から、作家は書きたいうちは書き、書きたくなければ、書かなくていいのだ、と思っているから、フィリップ・ロスの断筆宣言を別に悲劇的なこととは思わない。

ただ、一つの連想ゲームのように、このロスの打ち沈んだ気分は、私たちが当然のように享受している電気のある生活と深い関係があるのではないかと思うのだ。

もし私たちに電気のある生活が与えられていなければ、人間は鬱病にかかっているひまもない。食料は穀類と一部の芋類を除けば、ほとんど保存が効かないから、日々、食べる分を調達する必要がある。空腹というものは、まことに原始的、動物的なものだから、ある意味では健康そのものなのだ。

鬱病は、文明病でもあり、電気を原因とする電源病でもある。だからと言って、この場合に限り、病原体を排除すればいいというものでもない。その分だけ、私たちは複雑な精神で生きることができたのだから、強くなることも命じられたのだと思うほかはない。

闇から発して

――太古の自然に見る人間存在の意味

伊勢の神宮の、二十年に一度のご遷宮《せんぐう》に、私は辛うじて生きているうちに間に合って、ほんとうに幸せだったと感じている。私は外見も心の持ちようも、日本人そのものだったから、その心情の発生の源を、いつも追い求め続けてきた。遷御《せんぎょ》の儀と呼ばれる「神様のお引っ越し」は二〇一三年十月二日夜八時過ぎに行われたが、正確な時間は暗闇だから、私の腕時計では見ることができない。参列者は千数百年の時空を超えて、神宮が初めて建てられた七世紀末と同じ闇に出逢っていたのである。

参列者は日没直前に着席する。ご遷宮には闇夜が選ばれている。豪快な石段を登る足元は、所々に立つ神職が掲げる松明の火か数少ない提灯《ちょうちん》だけである。幸運にも晴天であった。もっとも、式年遷宮の日は必ず晴れだということになっているという。

着席して待つ参列者の前で、夕闇は刻々と深まるが、それはわずかに残る生き生きとした日没の残照を追い払うというような荒々しい気配というものではない。私の眼には新宮の東側にある旧宮の一部と、その前で三人の神職が焚火《たきび》を焚く姿だけが、浮かんで見えるだけである。

太古の自然の中に生きるというのはこのようなことだったのだと私は思った。考えてみると実に何十年もの間、私は完全に自然だけが支配した夜を見たことがなかったのだ。三十年前のサハラ砂漠の真ん中の夜は、満天の星空だったので、真の闇の持つ意味を私に教えてくれなかった。

電気がなくても人は生きてきたのだ。日があるうちは働き、夕暮れが近づく頃に火を起こして煮炊きをする。そして闇と共に眠る。

伊勢から帰った翌日、私は関西に住む息子と電話で話し合った。

「電気なしでも、人間は生きていられるのよ。今だって多分人間は死に絶えないでしょうよ」

と私は言った。

「電気がないと人口はぐんと減るだろうな。新生児と高齢者の命を救えないし、救急医療が不可能になるからね。でも個人の寿命自体はそんなに縮まらないと思うよ」

専門家ではないから、息子の言うことは、根拠なしの会話にすぎない。

本来、闇が源であった。派生した電気は、私たちに架空の華麗な人生の可能性を教えた。それをさらに発展させるべく、私たちは働いて来た。しかし、その背後に存在する分厚く重厚な闇の意味を知らなければ、人間存在の意味はほんとうにはわからない。

第五章　人生の選択は、損得で決めることではない

幼児化の潮流

――善も悪もなさない防御の姿勢は卑怯

ひさしぶりで日本に帰ってきた友人が、「日本はどうなっちゃったの？」と遠慮がちに言う。この人は外国人と結婚してヨーロッパに住み、老母が日本の介護施設に入れなければいけない病状になったので、一時帰国していたのである。

日本に帰れば、一、二週間、忙しく用事を片づけながら日本料理を食べるという楽しみは残っている。都心に出るにも電車は便利。いい国だと思う。年取った母には少し認知症が出ているので預ける場所を探すのも大変だろうと覚悟していたが、娘が外国に帰らねばならない事情をよく理解してくれて、関係者すべてが信じられないほど事務的に素早く親切だったという。

それでも日本に劣化が起きている部分をひしひしと感じた。それはマスコミと政治の部分だった。

ちょうど猪瀬直樹東京都知事の徳洲会から受けた五千万円という巨額の金の使途を巡る事件が明るみに出た時だったからかもしれないが、フランスにもイタリアにもドイツにも、しぶとくて疑い深い政治家がたくさんいるのだろうから、日本の政治家はなんと思慮が浅いのかと思ったらしい。

「うろ覚えで、少し間違っているかもしれないけれど、『作家だろ、もっと上手に嘘つけや』という川柳がどこかに出てたわよ」と笑っていた。将来、私が何か悪いことをしたら、せめてもう少し上等な言い訳を作って、世間を楽しませろという戒めなのだろう。

私が政治の世界にうといので、政治の話はあまり続かなかったが、彼女のもう一つの失望は、テレビが信じられないほどつまらなくなったことらしかった。おもしろいドラマなど別に期待していない。しかし画面に出てくるアナウンサーやキャスターやタレントたちが浮ついた日本人になり、とりあげるテーマも内容がなさすぎ、すべてがわざとらしくて幼稚なのが悲しかったというのである。

たまたまビデオリサーチ視聴率データを基に作った二〇〇三年と、二〇一三年のいわゆる長寿番組の視聴率の比較なるものが「週刊ポスト」に出ていたのだが、それを見ると、テレビの衰退、つまり見る人が少なくなったのは、明らかな潮流だという。人気番組でも、視聴率が一時の三分の二、半分になったものもある。

私も日本のテレビをほとんど見なくなっている。世間にはよく、テレビに対して腹を立てている人がいるが、私は前々から、おもしろくない番組に対して怒る必要はない、見なければいいだけなので、別に害はない、という姿勢であった。ことに最近は衛星放送を見られるので、そこには、細部まで実情を細かく調査し、正確で、重層的で静かな大人の会話が充分に楽しめる端正なドラマも見られる。だから日本のテレビを見なければよくなった。ただしNHKは強制的に受信料を取り、それを断ることは現実的にできないらしいので、これは明らかに一つ問題だろう。

テレビが日本文化のすべてを代表しているわけではないが、テレビに現れる日本人の問題意識のなさには眼を覆う人がいても当然なのだ。それはつまり見る側にも幼稚な視聴者がいるということなのだろうが、テレビ制作者の姿勢が視聴者をなめるようになった。

世界は貧困や飢えに悩んでいるというのに、これほど食べ物や温泉巡りの話ばかりしていて恥じない国民がほかにいるのだろうか。それに私から見ると、食べ物の味というものは最もテレビには向かない話題なのである。なぜならテレビの機能では、おいしさも匂いも伝わらないからだ。それに昔から自分だけが食べて、おいしい、おいしいと人に見せつけるのは、無礼で思いやりのないことだとなっていたが、今は朝からスタジオに食べ物を持ち込み、アナウンサーたちが試食しては、「ふん、うーん、おいしい」と言いながら頭を振る姿は、やはりあまり知識欲をかき立てられる光景でもない。

女性アナウンサーたちの表現力のなさもプロとは思えなくなったのだ。画面に見える光景以上の描写はできない。「安心して暮らせる」生活はこの世に決してないのに、まだ平気でこの言葉を乱発する。つまりいささか社会正義を匂わせる定型の言葉を添えれば、それでことが済むと思っているようでもある。その場に登場する人は、画面以上の臨場感を伝える義務があるのだ。

そうでなければ、何にでもすぐわざとオウム返しに聞き直して驚いてみせる。高齢者ではないのだから、耳が遠いわけでもないだろうに、そしてその言葉が決して驚きをもって聞き返さねばならないようなものでもないのに、こういう行為は視聴者の時間を浪費している。本来なら知識を得られる番組も私が拒否するのは、すべてにこの手の冗長が苦痛だからだ。不必要なのにクイズ形式になっているだけで時間のむだだから見るのを避ける。

嬉しい時もそうだ。女性アナウンサーたちは、やたらに甲高い声を出して笑い、マイクを持って走り回り、体を傾け首を曲げて、手のひらを耳の脇に当てたり振ったりする。私たちは子供ではないのだ。大の大人が、いちいちそんなに大げさに喜んでみせるほどのことは、人生でほとんどない。大人は黙って喜ぶのが普通だ。

私の家は決して暗い家庭ではないと思うが、それでも家族はそんなに笑わない。ただ話題を楽しんでいる。内容がほんとうに人間の真実を衝いていて、自分にも思い当たる節がある時だけ笑い声を立てることもあるが、テレビの出演者はなぜそんなに笑うのか、私は気味が悪い。人生は問題だらけなのだから、普通はもっと淡々とつまらない顔をしていていいだろう。衛星テレビでは、ＢＢＣもＣＮＮもニュースも見られるが、そのアナウンサーたちはもっと淡々と落ち着いた人間の言葉を語る。笑う理由がさしてないのに笑ったりしない。

最近の日本のテレビ画面に出る人は、すぐジェスチャーをする。説明にいちいち小道具を使う。「今日は雨が降りますから、傘を持って行った方が」という時には実物の傘を持ち出さないと気が済まないのだ。これも子供に教える時のやり方だ。今は傘が不要だが、後で要るかもしれない、という時間的なずれや仮説を言語だけでは伝えられないようでは大人の伝達方法として失敗なのである。

何より気持ち悪いのは、何の場面にでもキャラクターなる奇妙なものが登場することである。着ぐるみが出て来て愛想を振りまくのは、ディズニーランドだけでいい。ということは、この手のファンタジーを喜ぶのは、昔は幼稚な子供だけだったのである。今はそれを一人前の大人がおもしろがる。日本中で各地方を代表するこうしたキャラクターが、実に三千体もいて、全国のゆるキャラが集まるイベントまであるという。このゆるキャラ一体を作るのに数十万円はかかっているのだ。

皆で何か次の動作に移る時、最近のテレビでは画面に出ている人は必ず「せーの」と掛け声をかけるようになった。これも大人のすることではない。大勢が何かを一緒にする時、それが舞台の上の演技のような晴れの場なら、無言のうちに同時に間を取れる技を、日本人は高く評価したものだった。「せーの」は、作業場で人が力を合わせてものを動かす時などの、いわば庶民の未熟な技である。それを平気でするのは、たぶん電車の中で化粧をして平気な人と同じ神経なのだ。

つまり日本人は一斉に幼児化したのだ。そしてそれを恥とも異常とも思わなくなった。その理由ははっきりしている。朝から食べ物の話、毎日温泉巡りとレストランの情報、何にでもゆるキャラが出てくる安易さ、すべてはそれらが積極的な悪ではないからだ。霞が関の官僚も、働くすべての組織に属する男たちも、自分たちが任期の間に失敗をして叩かれないことだけを目標に生きている。何か独創的なことをしてそれが失敗したら、目前にぶら下がっている昇進も退職金も泡になる。その代わり、積極的な悪でないもの、凡庸で、何一つ意欲や進歩が見られないものを用意する。

善もなさず、悪もなさず、すべて子供向きにものごとを作っておけば、おそらく文句を言われる筋合いはないと考える防御的姿勢の現れなのだろう。

今や就学前の幼児の数はうんと減っているというのに、ほとんどの番組に漫画やゆるキャラが登場するのも、子供相手の要素を入れて番組を作っておけば、文句を言われる筋合いはない、と考えるからなのだ。つまり目標をはっきりと絞った、意欲的、冒険的、思想的番組が、ほとんどなくなってしまったのである。

一つの番組に働く出演者や裏方の数が、近年やたらに増えた。これは医療の世界が、緊急《イマージエンシイ》時には数十人の医師を呼び集め、その結果として誰も責任をとらなくていいようにしているのと似ている。スタジオ内は趣味的にアレンジされているというより、あらゆる色を使っておく。そうしておけば、赤の好きな人も、青の好きな人も、ピンクの好きな人も満足するだろうから、文句を言われる筋合いはない、と考えるのだろう。

この傾向は、テレビ制作の世界だけでなく、出版の世界にも及んでいる。昔は記者や編集者が一人でテープレコーダーを持って談話を録りに来たのに、最近ではよく三人、時には六人などという大人数の編成で仕事をするようになった。私はそういう大げさな仕事ぶりに時々耐えられなくなる。大勢で仕事をするのは、つまり誰一人として「自分が責任を取ります」という勇気を持たなくなったということだ。

日本人は卑怯者の時代に突入した。哲学も思想も、選択の眼も個人の勇気も失い、真の制作者、創造者はいなくなった。それでもやっていけるものか……私はまもなく死んでしまうのだから、実は大して気にならない。

お坊ちゃま・お嬢ちゃま思考からの脱出

——自分で考えて闘う力を養う

最近の日本人は、ご苦労知らずのお坊ちゃまとお嬢ちゃまばかりだ、とこのごろ私はよく言うようになった。水道も電気もあるものだ、と決めているが、そんな保証はどこにもないのである。「水道が止まったらどうして飲み水を作りますか」とか、「電気が止まったら何でご飯を炊きますか」という質問に直ちに答えられる人が、近年ごく少なくなったのである。

井戸や川の水がいささか汚染されている場合には、飲み水は、まず有り合わせの布で濾《こ》してから煮沸して飲む、というのが基本原則だ。ご飯は鍋でも何でも炊けるが、その場合米の量の一・五倍の水をお鍋に入れればいいと知っている人はほとんどいない。電気と水が止まった状態では、現在の日本人は生活の方途を知らないのである。

「地震の後でお鍋でご飯を炊く時、電気もガスも止まっていたらどうしますか」という質問にも、驚くことに答えられない人がかなりいる。地震で家屋が倒壊しているような場合だったら、話は簡単だ。その辺に倒れている家の残骸を薪にしてカマドを作って焚けばいい。カマドはどうして作るのですか、という質問が出たら、それはアフリカで義務教育も受けていない子供たち以下の能力である。アフリカの子供たちは親を助けて煮炊きをするから、石が三個あれば、大地の上のどこにでもカマドが築けることを知っている。

「そんな時、壊れた家の残骸をもらって来て、燃料にしたら盗みではないんですか」と聞いた青年もいた。その人はおそらくボランティア活動をしたことのない人なのだ。壊れた家の残骸は、捨てる他はない。ボランティアたちは、木片を猫車などに積んで表通りの小型トラックまで運び、震災の後始末をする。そんなゴミをもらって何が悪いのだ。むしろ残骸の始末になるだろう。

「薪を焚いたりして、空気汚染の原因になるんじゃないでしょうか」

そう思うなら、ご飯を食べないでいればいい。私は数日間くらい、空気を汚しても食事を作る。壊れた家の残骸の木片を断りなく燃すことが盗みになるなら、私は公然と窃盗犯になる。緊急避難とは、そういう選択をすることだ。第一地球上の空気の汚染は、そんな単純なことで決まるものではない。現在只今も、地球上の多くの途上国の田舎では、やはり人々が来る日も来る日も薪を燃して煮炊きしているのだ。そういう事実を知らないから、まるで自分は手を汚したことのない人のようなことが言えるのだ。

昔「国境なき医師団」と呼ばれる有名な組織のパリ代表が、募金のために日本を訪れたことがあった。私が働いていたNGOもこの組織に寄付をしていたので、私は彼らが主催する講演会を聞きに行った。

この組織は、世界中の紛争地帯が、まだ戦闘の最中にある時から、医師たちが現場に乗り込んで行って、負傷者の手当て、病人の治療、感染症の予防などをする。講演が終わった後で、主催者が「どなたでも質問のある人は、手を挙げてください」と言った。

すると一人の日本人の若者が質問に立った。

「あなたたちは、動乱の中にある途上国に行って医療行為を行うわけですが、その場合その国の医師法に準拠しているかどうか、その点をどう処理しているのですか？」

私には彼の質問の根拠がよくわかった。つまり医師はその国の大学を出ていなければならないのではないか。何年の経験がなければ患者をみられないという条件を満たしているのか。その国で認められていない薬を使っていいのかどうか、というようなことを青年は気にしているのである。

彼の質問にパリから送られてきた麻酔医は深く戸惑ったようだった。しかし彼は数秒考えた上で、実に日本人の思考のひ弱さを痛烈に衝くような返答をした。

「ここに怪我をした人や病人がいる。その病気や怪我を治せるかもしれない医師たちが、技術だけでなく、薬も器具も持ってこちらにいる。与えられる側の人が与える。そのことに何の問題もないのではないですか」

そのような土地に行っても、まだ医師法の観念が優先する。役所にはどういうことを届けたらいいのだろうか、と恐れるのが日本のお坊ちゃま思想なのだ。

私は『時の止まった赤ん坊』という連載小説を書くために、マダガスカルにある貧しい産院に数週間滞在したことがある。カトリックのシスターで遠藤能子さんという方が助産師さんとして働いていたのである。お産婦さんが風邪をひく。当時のマダガスカルは極度に貧しくて、風邪薬もビタミン剤もない。するとシスター・遠藤は私に言う。

「曾野さん、二階の窓際のベッドに寝ている人に風邪薬をあげてください」

ということは、私の持っている風邪薬を出せ、ということなのだ。私は看護師の資格もないが、持参した薬の袋から、風邪薬を持って言われた通り患者さんにあげに行く。いい悪いの問題ではない。病人を治すのが優先事項だから、野戦病院と同じである。

日本人は元から本質を考える習慣を学ばねばならない。農林水産大臣を務めた赤城徳彦という人が、先ごろ「政治と金」の疑惑にさらされた時、それを晴らそうとする意欲は全くなく、党か議会かで決められている通りの報告を出していると繰り返した。私はそこにもひ弱なお坊ちゃまを見た思いがした。この東大法学部出の秀才は、ことを解決するにはどうしたらいいか、自分で考えて闘う力が全くなかったのである。

すべて既成のあることは疑って、基本からものごとを考えて出発するという習慣は、実に大切な人間性なのである。

日本人の内部崩壊
――自分の言葉で読み書き語ることが人間の条件

一九九〇年頃から、私はシンガポールに古いマンションを買って、そこで時々仕事をするようになった。二十代に初めて東南アジアに出て以来、私は南方の風土が自分の体に合っているように思い、一生のうちいつか南の国で暮らしてみたいと思ったのだ。

シンガポールはいい意味で理詰めで町と人の意識を作る場所であった。実は中国系とマレー系とインド系市民の間には、れっきとして文化的、宗教的、心理的違いがあるのだが、国家としては一つの国民なのだ、という理念を繰り返し繰り返し教え続けて、それがある程度の成果をあげている。

事実ここには汚職も賄賂も庶民生活の段階では見当たらない。電話もよく通じるし、町の大きな本屋は英語の本を買うのに便利だった。人口の約八割が中国系だから、おいしい中国料理が食べられる。人々は銀行業務も、郵便局の事務も、不動産の売買も、英語でする。もっとも強盗が入ってお婆さんが襲われたというような事件があると、新聞記者が談話を取りに行くのだが、その時「×夫人は、広東語で答えた」というような一行が付け加えられることもある。ということは、被害者が英語も標準中国語もできない年齢と教育の人だということなのである。

こういうことがわかったのは、約二十年前に私がここへ来た時以来、外国人の私には見えないような細かい内部事情を教えてくれたたくさんの人がいたおかげである。中国系の若いオフィス勤めの娘などで、標準中国語と英語が一応できても、中国語を書くことはほとんどできない人はたくさんいるのだそうだ。シンガポールの英語は、俗に「シングリッシュ」と言われるほどひどい発音だが、それでも毎日使っているのだから、語学そのものには馴れていて私よりはるかに役に立つ語学なのだろうと思っていたが、それもまっとうな英語を話す人に言わせれば、読み書き話しすべてにおいて完全な人は非常に数が少ないのだという。

もちろんシンガポールにも中国語一貫教育のシステムはあるし、イギリスへ子弟を送って完全な英語を教え込む家庭も多い。しかし庶民の段階では、聞き取りにくい英語、喋って読めるだけの中国語、の使い手がたくさんいるわけである。

一人の人間が、知的人間としてできなければならない「読み書き話し」の三つの手段が完成していないと、「○国人」とは言えないことになってしまう。

日本人は、幸か不幸か日本語だけで暮らせるし、方言はあっても、書き言葉としての日本語は全国に通じている。しかしこのごろの日本人は、もしかするとシンガポールと同じ道を辿っているのではないかと思うことはある。それは読まず、書けず、話し言葉は乱れ放題という世代の絶対数が多くなっているように見えるからである。

○×式の答案が増えたのは、何年頃からか私ははっきり言えないけれど、私の子供の頃の答案は、数学（算数）以外はすべて文章であった。私が小学校の受け持ちの先生を深い尊敬で思い出すのは、毎週のように生徒に作文を書かせ、その山のような作文帳を腕に抱えて廊下を歩いてこられる姿である。廊下の端にその先生の姿が見えると、ドアの所に立っているお当番の生徒が駆けて行ってそれをお持ちするのが習慣であった。

しかしそういう先生は当代少なくなったのだろう。先生自身が本も読まず、文章も書けない人が増えたから指導ができない。いちいち生徒の書いた作文を読んで添削をしたり感想を書いたりするひまがないということらしい。

教師ばかりではない。昔は親が本を読んでいる姿を見て、子供は、どうも本というものは読んだ方が得らしい、あの中には何かおもしろくて利口になりそうなものも詰まっているのではないか、と思ったものだ。しかし今は親が本を読まないのだからどうしようもない。

教師も親も、携帯で子供たちが暗号のような奇妙な日本語で「チャット」（お喋り）をすることのでたらめを禁じることができなかったのだ。実に戦後の教育は、基本から子供たちを荒廃させたのだと私は思っている。

自国語でいいから、完全に読み書き語ることができる人になることが、人間の最低の条件である。裁判、商売、恋愛、共同事業、人づきあい、学問研究、すべて国語で完全に読み書き語る能力が必要だ。

現代の日本人で、手紙や書類で、自分の心を示せる人は実に少なくなった。下手でもいいから、自分の文章で、人情の機微を伝えられる能力はなくなったのだ。

一時期の世間の情熱は「事業仕分け」だった。一九九〇年代の世間の情熱は「官民接待絶対禁止」だった。霞が関の住人とは、仕事を離れて遊ぶこともできない。同級生や他の職場の人と遊べば、他の世界の話を聞くこともできるのに、公務員は気楽にそういうこともできなくなったのである。本来年上の人間は、若い人に奢るべきなのである。しかし実際の収入に余裕がないのか、世知辛くなったのか、今は部下に奢る上司もいない、という寂しさだそうだ。

その頃から私が感じたのは、礼状を書く人がめっきり減ったことだった。なるほど考えてみれば、礼状は、ものをもらったか、よばれたか、に対して礼を言うことが多いのだから、礼状を書くことは、役人にとって危険な証拠を残すことと感じられたのだろう。

今の霞が関の秀才官僚たちは、決して礼状を書かないという世間的非常識に生きている人ばかりだが、そういう風潮が、いよいよ、礼状のような短い文章を書ける作文能力と社会的必要性さえなくしているのである。

日本人の中に自分の言葉で読み書き語る能力を持つ人があまりいなくなった時、日本は内部崩壊したのだと私は思っている。

日本民族を救いたいのなら、まず読書と作文教育を復活させることだが、政治はいつになってもこういう治療法を実行しない。

律儀な職人国家への道
――技術は平等を要求する人間関係では伸びない

何年も途上国に行っているうちに、私は世界の国々が次の三種類に分類される、と思うようになった。

「政治的（親分）国家」
「経済的（商人）国家」
「技術的（職人）国家」

の三種である。

日本は明らかに政治的国家でもなく、経済的国家にもなりえない。政治的手腕で輝いていたという首相も近年には見当たらず、良質な商品を生産する割には、経済的に世界の市場を引っ張っていける大物でもないらしい。ただ日本人は間違いなく律儀な職人精神を宿しているので、その特性で食べているのだろう、と思う。

昔私は、徳というものが国家を支えるだろう、と書いたことがある。政治には手練手管も要り、決して純粋無垢な人が得意とする仕事ではないから、徳などというものが、どうして国家的力になりうるか、不思議に思う人もいたかもしれないが、最近の中国に対する諸外国の反応を見ていると、中国に欠けていたのは、長い年月の徳の力で、それによって中国は大きな経済的、政治的損失をしているのだという気がする。

今の中国に対して、世界の風当たりが強いのは、決してチベット問題だけではないと思う。中国は長い年月、思想、信仰、学問、表現、移住などのあらゆる面での自由を国民から奪っていた。孔子は全面批判するのだと言っていたのを忘れたかのように、最近は孔子を持ち上げるようになった。しっかりした信念もなく、時の情勢によって態度を変え、権力者にへつらい、思想そのものさえあっさりと変える国民だと、世界は思い出したのである。

有毒成分を含んだ食品についても、一回の手違いや犯罪の故なら、こんなに大事にはならなかっただろう。中国の政治家も国民も、儲けのためなら、平気であくどいことをやる国だという事実が、長い年月の間に洩れて来たのである。徳の力がほとんどゼロだと思われたら、やはり国家の繁栄はない。その点、政治的、外交的な力はなくとも、律儀さと正直さと勤勉さに現れるささやかな徳の力を、日本が持っていてよかった。それでやっと、職人国家として生き延びる道が残されている、と私は思う。

ただ職人国家になるには、長い年月下積みの生活に耐え、技術を学び、何よりもいいもの造りをするということを最終の目標に置く、国民的、社会的気風がなければならない。出世や収入の多さよりも、「お前さん、いい作品を作りなさったね」という一言の賛辞を受けるために(いや、時には賛辞さえなくとも)自分だけが自分の作品の批評家になって納得するような仕事をするために生きる人間にならなければならない。

日本には、かつてそうした人々がいたし、今もいると私は思う。しかし、最近の日本人は耐える力が弱くなったのが心配だ。

昨今、途上国で発掘研究をするような若者たちの中で、男が特に生気がない、と言う人がいた。その証拠に、そうした土地に調査のために入る時、持ち込む荷物が、男性の方が女性より多いことがよくあるのだそうだ。髪につけるムース、ひげそりローション、日焼け止めのクリーム、リップ・クリーム、ドライヤーなど、昔の男たちなら、一つとして要らなかったようなものがないと、生活がしにくいと言うらしい。

平等だの、公平だの、労働時間の厳守などという思想は、職人国家を育てない。職人の世界は、民主主義では成り立たないのだ。親方がいて、兄弟子がいて、その下に仕えて技を磨く、技術は何が何でも平等を要求する人間関係の下では伸びない。常に階級社会の枠組みがあり、常に自分より偉い人がいるのだ。その代わり、自分が上の立場になったら、厳しくしつけると同時に弟子には自分の子供を育てるのと同じような無限の慈しみを持って、独立させ、自分よりもっと上の技術を身につけることを望むのである。

それは一種の家族的な感情の繋がりの中で醸成される情と技の世界なのだが、今は家族の中でさえ両親と子供は平等で、学校でも先生と生徒は平等だという。職場では時間単位でお金をもらい、平等に扱われるのを要求する社会では決して定着しないのが技術である。そんな人間関係で、人は学ぶことなどできないのである。

かつてインドで、日本では天皇陛下が、儀式としてではあっても、みずから長靴をはいて皇居内の田んぼで田植えをされ、皇后陛下も野蚕《やさん》の掃立てをなさると言ったら、どうしても信じられない青年がいた。どうしてそんな高貴な方が、インドだったら最低の階級に属する者しかしない労働をなさるのだろう、と理解できなかったのである。

そこに日本の発展の希望もあるのだ。両陛下の中にも、私たちの中にも、農業は国の基本という信念がある。養蚕は国の産業の一つの象徴という思いがある。農業と工業は共に学問芸術と等しく大切な仕事で、その世界の最高の技術と発展に導くために働く人たちを、道徳的に讃える思いがある。右から左に商品を動かして、それで口銭を儲ければいい、とする国民とは、大きな差である。

職人国家として生きるには、日本人の精神を鍛えなおすことが必要になる。私の世代は、貧乏という今となってはすばらしい体験を経て来ているから、かなりのことに耐えられる。しかし戦後の豊かな時代に育った人たちは、辛いことはしたくない。しかし辛さに耐えることは、すべての学問、芸術の世界にさえ必要だ。小説家の仕事など、まさに忍耐以外の何ものでもない要素も含んでいる。

そのような日本人を創るには、強力な国造りの理念を基本にした教育分野での国家的関与が要るのだが、それは戦争への伏線だと言う人が必ずいるから、まず実現できないだろう。その声に従えば、国は人々に徳も個性も定着させる機会を失うだろうが、私は利己主義者なので自分の死後の日本はどうなろうと構わない。従って伝え残したいことは何もないのである。

人生の師としてのアフリカ
――文明社会とは対局の世界に文化的出発点がある

今日本人にとって、アフリカほど、距離的にも心理的にも遠い土地はない。南米でもブラジルやチリまで行けばかなり遠いのだが、それでもそこには数万人単位の日系人社会があったり、葡萄酒の買いつけのような商売で繋がりを持つ人たちが常にいて、その内情もどこからともなく伝わって来る。

しかし私が二〇〇九年三月に行ったコンゴ民主共和国には、当時一人の商社マンもいなかった。それでいてコンゴには、銅、コバルト、スズ、亜鉛、マンガン、ウラン、ダイヤモンドなどの地下資源から、コーヒー、綿花、ヤシ油、ゴムなども産するのである。私が訪ねて行ったのは、そこで長く働く二人の日本人のカトリックのシスターに会うためであった。

私がアフリカと関わりを持つようになったのは一九八三年、友人たちと六人でサハラ砂漠を、アルジェリアのアルジェからコートジボアールのアビジャンまで、二台の国産四駆で縦断した時である。ラリーではないから、途中で千四百八十キロ続く無人の砂漠を、どんな補給を受ける手立てもなしに、水と食料と燃料を自分で持って乗り切る戦略が必要だった。

しかし私はこの旅でいろいろなものを学んだ。砂漠の運転、文字通り砂と星空以外の何もない空間で生きる方法などである。それは私が生きて来た文明社会と、完全に対局にある世界だった。現実的に言えば、マグレブ諸国はアフリカではない。それは地中海文化圏に属し、或る意味ではイタリアやスペインと同じ文化を持つか、その可能性を楽々と有している。しかしその南、アトラス山脈を越えるところから気温は突如燃えるような暑さに変わり、広大でこの上なく透明なサハラが出現する。しかしほんとうに人間の住むアフリカの問題は、サハラがサバンナに接するあたりから以南の部分で始まるのである。

アフリカは人間の生物学的、同時に文化的出発点である。そこに残されている原形を、私たちはしばしば未開なもののように言うが、しかし人類はそのような状況から出発したことを忘れてはいけない。今でも彼らは周辺に生えている僅かな木と竹で作った壁に泥を塗り込み、椰子や独特の屋根葺き用の草で葺いた小屋に住むが、これが私たちの住居の原点である。こうした家は、何年かの雨期の後に突如融けてなくなる。

或いは貧困の原形も、ここで見られる。トタン葺きの片屋根の、人がまともに立っていられないほど低い小屋を、南アあたりではスクワッター・キャンプと言う。初め私はこの言葉を、屋根が低くて中に住む人がしゃがむ他はないからかと思っていたが、本当は彼らは国有地や他人名義の土地に不法定住した「侵略者」で、その行為に対して時には誇りを持っている人たちでもある。

かつてアフリカを「暗黒大陸」と言った。消えたリヴィングストンを、スタンレーがタンガニーカ湖畔まで探しに行った十九世紀後半のアフリカは、確かに内部の事情もよく知られず、しかも文化の遅れがひどい、という侮蔑があったろうが、この暗黒は今でも根本的には解決されていない。いまだに電気も水道もないのが、アフリカの普通の暮らしだ。衛星から撮った世界の夜の写真では、アメリカや日本は、煌々と光に浮かび上がり、アフリカ大陸の内部はやはり暗黒のまま、あたかもその土地が存在しないかのように放置されている。改めてアフリカは暗黒大陸だということが証明されたと言ってもいいくらいだ。

一九八三年から始めたＮＧＯのおかげで、私はほとんど毎年アフリカに行っている。二〇一一年からは、昭和大学の形成外科のドクターたちが、マダガスカルの口唇口蓋裂の子供の患者に対して無料で手術を行うプロジェクトが始まったので、そこでも働くようになった。お金はいずれも日本人が働く仕事に対して出しているのだが、それでも仕事の成果をこの目で確かめるための「査察」に行っていたのである。そのおかげでアフリカは、常に私に人生と社会を考えさせ、文化の出発点と現実を忘れないための「偉大な師」となった。

踊るという生き方
――貧困とは、今晩食べるもののないこと

今日本ではしきりに格差による貧しさが目立つようになった、と言うが、私の実感によれば、未だに餓死者も出ない日本は、世界で夢のように豊かな国なのである。私の貧困の定義は、一つしかない。貧困とは「今晩食べるもののないこと」を言う。その意味で日本には貧困な人など、まだいない。

もっともこの定義を裏返した幸福もある。一家が今晩食べるものさえ持っていればアフリカの家庭は、その夜は充分に幸せなのである。父親は自信に満ち、明日のことなど思い患わない。電気も水道もない村々では、午後中かかって子供たちが杵と臼で米を搗き、とっぷりと夕闇が村を包む頃、人々は一斉に戸外の竈で米を炊く。赤い焔がちろち

ろと見え、香ばしい薪の煙が、村の道に漂う。それこそが人間の暮らしの原形だと、私などは思う。父に残業もなく、母がパートに行っていて家を留守にすることもない。村の共同体にどっぷりと浸かって人々は生きている。その安心感が部族社会の味である。

人々はよく歌う。マダガスカルの田舎では、日曜日になると、教会くらいしか行く所がない。路線バスなどというものもなく、あっても貧しい人々はバス代がないから乗れないだろう。村の娘たちは、何となく、白人の神父や修道士が持っているトラックを見つけて、その背に乗せてもらう。未舗装の土の道はひどく揺れるが、リズムに乗って娘たちは自然に歌い始める。愛の歌ではなく教会の聖歌だった。ハーモニーは自然に三重唱、四重唱になる。学校には音楽の時間もなく、オルガンさえないそうだが、ハーモニーは見事だ。日本の音楽教育は何だったのだろう、と思う。

アフリカの人々はまたよく踊る。関節が日本人と違って、踊るための特別な角度を持っているように見えることさえある。歓迎の踊りは、アメリカの元大統領や、国連難民高等弁務官など偉い方が視察にいらしたような時にやる。私は日本財団というところに勤めていた時、カーター・センターといっしょにアフリカの農業改革の仕事をしていたので、何度もカーター元大統領とご一緒した。また緒方貞子国連難民高等弁務官は、私の大学の先輩で、アフリカを視察される時、随行記者としてついて行ったこともある。歓迎行事は必ず子供の踊りで始まる。

アフリカではどんな場合でも踊る。嬉しい時や宗教的な行事の時だけではなく、実は悲しい時、不安な時にも踊る。日本人だったら「踊っている場合か」という時にも踊る。それがアフリカ人の心なのだ、ということを後で読んだ。彼らは悲しくても踊らなければならないのである。踊りが日本人よりも表現として過激に生活にしみ込んでいる。

カトリックの経営する学校では、部族ごとの踊りを見せられた。一般に部族は近距離に位置していても、文化的に、言語的に隔絶していて通婚さえしない場合がほとんどだが、小学生の踊りに関してだけは、数が足りないと、子供たちは他部族の踊りに平気で加わっていた。

ジプシーは一般的に差別的な眼で見られているのだが、ジプシーの踊りは衣装がきれいで飾りも多いので、女の子はジプシーの組に入って踊るのを嫌がっていなかった。これが本当の平和的融和なのである。

火宅の中から

――捨て身で生きる人から得る幸福

私はごく普通の日本の中産階級の家に生まれた。うちにはお仏壇と神棚があり、母は毎日双方の戸を開けて拝んでいた。

そのまま行けば私も当然、仏教の信仰を持つようになったと思う。しかしそうはならなかったのは家庭の事情であった。

俗に性格の不一致という言葉があるが、私の両親の結婚は不幸なものだった。私は二人と生活を共にしていたわけだから、世間には知られない陰の事情を幼い時からよくわかっていた。どちらも悪人ではないのである。父は女狂いもせず、借金を踏み倒したこともない。母も家事をよくこなし、身持ちがふしだらなこともなかった。それでもなお小心な父は母を苛め抜いた。その歪んだ家庭が私を子供の頃から複雑な性格に追い込んだような気がする。しかし私はその「火宅のような家」から、他の人生では得られないほどの多くのことを学んだのである。

母がたった一つ執着したのは、私が信仰によって生きる力を得ることだった。その結果、私は幼稚園の時に、カトリックの修道会が経営する東京のミッション・スクールに入れられ、そこでの教育は深く長く、自分の血肉になったような気がしている。

私の人格の形成期は戦前、戦中、終戦後とすべてにわたっている。当時、私たちは子供心にも人間の生死を身近に見ていたので、その時期に教えられた信仰は自然に私の中で根づいた。私たちの先生である修道女たちの生活を間近に見て暮らしたことも大きかった。

彼女たちは主に欧米人だったが、当時は日本に向かって母国を離れる時、生きて再び故郷の土を踏むことはないと決心していたのであった。その後に行われた第二ヴァチカン公会議の結果、このような制度は少し変わったのだが、いわば人生を捨て身で生きる人たちから教育を受けられた幸福は大きい。

修道女たちは、決してそのようなことを自分の口から言ったことはなかった。彼女たちは穏やかに、自分の持ち分の人生を、朗らかに生きていた。主として労働をする修道女たちは、一年に一日しかお休みの日はなかった。しかしそのような暮らしが、搾取だとか地位の格差だとかいう言葉で表されたことはない。すべてのことは神の意図であり、人はそれぞれの立場の中でこそ、神の意図を具現できるという考え方であった。他人に評価されない陰に立って働くほど、神は深くその行為を喜ばれるという信念さえあった。

何より私を引きつけたのは、神はすべての人を愛しておられる、という信条だった。信仰の違いとか、俗世の身分とかには一切関わりがなかった。私はそういう形で平等を学んだのかもしれない。

戦争中は軍部の教育が色濃かったが、私たちの学校はそれに抵抗することなどしなかった。必要なかったのである。天皇が神だと教えられようとも、ほんとうの神は他にれっきとしておられることを信じていたから、私たちは御真影と呼ばれる天皇・皇后両陛下のお写真にお辞儀をすることにも、何ら抵抗はなかった。すべて現世の約束ごとは、信仰とは関係はないから、どうでもいいのであった。

それより私たちが学んだのは「あなたの敵を愛しなさい」という悲痛な人間関係の基本であり、他の宗教に対する深い尊敬と礼儀を守ることであった。

「あなたたちが将来結婚して、そこのおうちが仏教徒や神道だったら、あなたたちは率先してお仏壇や神棚のお掃除をしなさい」と私たちは欧米人のシスターから教えられたのである。それは他者の幸せを大切にするという基本的な姿勢を示すためであった。

私たちはカトリックの信仰を教えられたのだが、カトリックの中でも土地によっては、仏教的習慣を排除する信者たちもいたらしい。しかし後年、私は十七年間にわたって新約聖書を学び、私の受けた寛大と自己犠牲を基礎にした宗教観は、決して間違いではないことを改めて教えられたのである。

私がNGOで働くことになった時も、私は「よいこと」をする趣味が全くなかったのだが、運命的なからくりがそうなるような素地を作っていた。

それから長い月日が経って、二〇〇七年の夏の終わりに、私は、清瀬の複十字病院に根本昭雄神父を見舞った。

根本神父は私より四日若いだけで私と同い年であった。神父が一九九一年、南アフリカへ赴任する時、私は神父に「神父さまはアフリカで殉教して来てください」と言ったらしい。その時もちろん私は笑って言ったのだし、その言葉はカトリックの世界では、最大の賛辞と言ってもいいはずだ。もちろん言われる方も言う方も、「殉教などできませんよ」「もちろんしないで済ませてください」というような潜在的な意味を含ませた会話である。しかしその言葉は、かなりの重さで現実になりかけた。

根本神父は私と会った直後に南アフリカのヨハネスバーグに赴任した。そこでエイズ・ホスピスのために働いた。赴任後しばらくすると神父は私のところにやって来て、ホスピスのためにお金を出してくれないかと要請した。神父の持参した趣意書にはたくさんの建物や設備の予算があって、目の子で計算しただけでもその額は数億になりそうだった。

「神父さま、こんなにたくさんのお金は出せません。しかしほんとうに早急にご入り用なのはどれなんです？」

と私は聞いた。すると神父は遺体を安置する霊安室が要るのだと言った。猖獗《しょうけつ》を極めているエイズのために、たった三十床のホスピスでも月間の死者は三十人に達していた。

ということは、毎日一人は死ぬということである。遺体は家族が引き取りに来ることもあるし来ない時もある。その間、死者はシーツに包んでベッドに置いておくだけだが、隣にはまだ生きている患者がいる。それではあまりにもかわいそうだから、霊安室を作ってほしい、というのが神父の要請だった。

それが私が神父の仕事を助けるようになった最初だった。それから十数年間、私は何度も神父の来訪を受け、新しい二十床の病棟、その暖房設備、中型バス、患者をぬかるみだらけの貧民窟の中まで迎えに行くための登攀《とうはん》力の強い小型ジープ、などのお金を出した。もちろんすべてのお金は、善意の個人から贈られたものである。

南アの仕事の基礎を築いたところで、神父はロシアでの新しい基地を作るためにサンクト・ペテルブルグに転勤した。そして恐らくそこで長年悪い環境の中にいて侵された結核が発症したのである。

神父の結核は、薬が一切効かない耐性菌によるものであった。見舞いの人に課せられたマスクをして私は病室に入ったのだが、神父はもう意識もなく、口もきく状態になかった。十数年前に、私が戯れに口にしたように、神父は殉教しつつあるように見えた。

二〇〇六年の末には、マダガスカルで長い間助産師として働いていたシスター・遠藤能子もまた現地で殪《たお》れた。修道女たちは原則として日本に帰ることなく任地に葬られる。私は今までに何度か、マダガスカルを訪れて、シスターの墓参りをした。その度に供えるのはペットボトルの日本茶であった。

こうした人々は、彼らの信仰の対象である神仏に約束した通りの生を全うするのである。

僧籍にある方たち、キリスト教の聖職者たちは、自由意思でその任に就いた以上、俗人と同じであってはならない、と私は思っている。虚飾は排さねばならない。贅沢をしてはならない。骨董市で高額な茶道具を買いあさっている僧侶を見かけたことがあるが、その日一日、気分が悪かった。自分が俗世にいた時の手柄話をする神父も信者たちは信じない。「祈り、そして、働け」と修道院では言う。働くことではなく、祈ることが第一なのである。そして正しい人のためだけではなく、悪い人をも受け入れるのが、信仰者の真髄だ。

こうした姿勢は、少なくとも、仏教とキリスト教とでは同じだろうと思う。宗教が対立することなどあり得ない。同時多発テロ以来、一神教は復讐する、と書く仏教系の文化人がいるが、それは聖書に対して無知な結果だ。キリスト教の根幹は許しであり、敵をも意志の力で愛しなさいというむずかしい命令を遂行することである。

私も長生きをして時間ができれば、仏典を学びたい。それまでは生半可な解釈をすると非礼にあたると思って仏教には触れないだけで、日本に育った私は、仏教の世界に接する度に、母の肌に触れるような親しさと温かさを感じているのである。

河岸の風景
——人生の選択は、損得で決めることではない

天理教の本部にうかがうと、信者さんがお掃除をしていらっしゃる光景によく出会う。私はあれを見るのが好きだ。強制されるのではなく、自発的にされているのであろう。それで廊下がぴかぴかになると、自分の心も軽やかにさわやかになる感覚がよくわかる。

アラブのどこかのお国の人が、日本に来て学校の子供たちを見て感心したことをいくつか挙げていた。忘れてしまった項目も多いのだが、中に「子供たちが放課後自分で掃除をする」というのと「時間に正確だ」というのがあった。

身分的な階級意識が強い国では、掃除や洗濯を、「召使」の仕事と心得ているところが現代でもある。以前、ブラジルに行った時、日本人のシスターたちが、親がいないか、

いても遠くへ働きに出ているような女の子たちを預かって暮らしている施設を訪ねた。この子たちの母は、子供にはメイドさんとして働いていると言っているが、中にはどうも売春をしている人もいるのではないかと思う、とシスターは小声で言っていた。

売春は決していいことではないが、私はそういう親たちもあまり責められない。教育も受けていず、チャンスも知己もない貧しい人たちは、法的な父親なしに子供を生むことが非常に多いが、そういう母子家庭は、父親に依存して暮らせない。さりとて職場がいくらでもあるというわけではない。すると母親の収入は売春以外には考えられない、という状況は決して珍しくはないのである。

シスターたちは、そのように傷ついた家庭の痛みを何とかして癒し、せめて次の世代には明るい健全な暮らしを実現してやりたいと思い、女の子たちに一生懸命家事を教えようとする。掃除洗濯、お料理アイロンかけなどが上手になれば、いつか必ず堅実な家庭にメイドさんとして勤めてまともな給料をもらい、自分で結婚の支度も整えられる。しかしシスターたちのこうした質実な意図はなかなか相手に伝わらない。女の子たちは家事を嫌がり、中にはあからさまに、

「掃除洗濯はメイドの仕事よ」

とまで言い放つ子もいた。自分の家が貧しくてとうていメイドさんなど雇えるような境遇でない子でも、そのように言うのである。

ほんとうに国によって文化が違うと思う。これもブラジルがポルトガルの植民地だった時代があったからだ、と言う人もいるが、ブラジルがともかく独立したのは一八二二年だ。二百年近くも独立国でいて、まだ「ポルトガルのせい」もないだろう。

一方日本における私の子供時代は、けっこう忙しいものであった。小さな身の回りのものを自分で洗う。トイレの掃除。自分の部屋の片づけ。門の前を掃く。お風呂を石炭で沸かす。ご飯を炊く。お皿を洗う。ごみをごみ箱から出して庭の穴に運ぶ。そういう仕事は、子供も働かねばならないのである。

私は一人っ子だったので、母がことさら厳しくしつけた面もある。いつ両親を失っても一人で暮らせるように、という親心であったことはわかる。お手洗いの掃除など、子供の私には確かに楽しい仕事ではなかったが、母は決して容赦しなかった。

「一番汚いものをきれいにできれば、怖いものがなくなるの」

母はそういう言い方をした。事実その通りだった。私は「お嬢さま育ち」などと世間から言われたこともあったが、それは私が皇后陛下と同窓だったから簡単に決めつけられたのだろう。私の家にはお手伝いさんも一人いたのだが、私は裁縫以外は何でもできた。

母はそのようなしつけを通して私に貴重なものを教えてくれた。それは後年私が聖書の中で知った「受けるよりは与える方が幸いである」(「使徒言行録」20章35節)という言葉の実感だった。

戦後の日本の日教組的教育は、権利ばかり教えた。つまり要求することが人権だと教えたのである。しかし人間は受けると同時に与えてこそ初めて人間になる。大人になる。成熟した人格を形成する。しかし多くの教師は、人のために何かをすることは損なことだと言うような若者をたくさん作ったのである。

数年前、インドのワーラーナシに行った。ガンジス河中流のヒンドゥー教の聖地で、インド各地から巡礼者が集まる。中には自分の死の近いことを察して、死にに来る人もいるという。火葬専用の河岸では、一年中、うずたかく積んだ薪の上に置いた遺体を焼く火が燃え続ける。遺灰は河に流して悠久に還す。

ワーラーナシには、その独特の土地の魅力に引かれて、河の周辺のゲストハウスのような安宿にたくさんの日本人も長逗留している。若い人が多い。一種の引きこもりなのだが、自分の家にではなく、気楽な外国で何もせずにいる。彼らは一応自立の精神を持っていて、インドへ来る前にはどこか手堅い会社で働き、旅費や滞在費を自分で貯め、会社を退職して来たのである。

しかし滞在期間は決めていないという。お金が続く限り、二年でも三年でも、という言い方をしている。何しろ個室でも一泊五百円。一部屋に二十近いベッドの並べられた男女入れ込みの大部屋なら（この部屋には二十四時間、沈黙の規則がある）、一晩百円もしないかもしれない。カレーはトラックの運転手さん用の高いドライヴインでも七十円だったたから、ワーラーナシの町で一食五十円以下で食べられることは間違いない。

「一日、何をしているんですか？」という私の問いに、「本を読んだり、日記をつけたり、ずっと河を見て過ごしています」というような答えが返って来る。もっともそれだけではない。その女性は、チェイン・スモーカーであった。ずっとタバコを吸い続けている。

私はその時、インド人でありながらカトリックの神父である人と一緒だった。ゲストハウスを出たところで、私はその神父に尋ねた。

「ああいう日本人を見て、どうお思いになりました？」

「私は彼らが少しも幸福そうだとは思わなかった」

「でも彼らは、自分の生活は自分の責任でやっているんですよ。親の脛《すね》をかじって、インドへ来てるんじゃないようです」

「自分のことだけを自分でしているようではほんとうの自立じゃない。人としての義務は、人に与えることにもあります。あの人たちはその部分の責任を全く果たしていない。だから少しも幸福そうには見えなかった」

私は自分をいいように見せたくて言うのではないが、人生のことを「損得」の勘定で選ぶことは、マーケットで買い物をする時くらいなものだ。三本でいくらというキュウリを買う時など、私は真剣に素早く太くてイボのはっきりしたキュウリを選んでいる。

しかし他のもっと大切な人生の選択は、あまり損得で決めたことはない。自分がしたいことと、自分がすべきことをするのだ、と親からも教わった。夫も同じ趣味であった。それはとりもなおさず、教育によって、損なことを人に押しつけず、むしろ損を承知で引き受けられる人間を創ることが目的だと納得しているからであった。

損か得かということは、その場ではわからないことが多い。さらに損か得かという形の分け方は、凡庸でつまらない。人生にとって意味のあることは、そんなに軽々には損だったか得だったかがわからないものなのだ。

私は夫婦仲のよくない父母の元で育った。自殺の道連れになりそうな体験もあった。激しい空襲にもさらされた。鬱病にも視力障害にもかかった。六十四歳を過ぎてからは、なり手が無かった財団の無給の会長を九年半務めた。それらのことはすべて損どころか、私を育ててくれた運命の贈り物であった。

現世でのご利益を、私の信仰では求めないことになっているのだが、不思議なくらい、私が誰かに贈ることのできたものは、神さまが返してくださっているような気がする。運命を嘆いたり、人に文句ばかり言っている人と話をして気がつくことは、多くの場合、そういう人は誰かにさし出すことをほとんどしていない。

与える究極のものは、自分の命をさし出すことなのだが、私のような心の弱い者には、とうていそんな勇気はない。しかしささやかなものなら、さし出せるだろう。

国家からでも個人からでも受けている間（得をしている間）は、人は決して満足しない。もっとくれればいいのに、と思うだけだ。しかし与えること（損をすること）が僅かでもできれば、途方もなく満ち足りる。不思議な人間の心理学である。

初出一覧

左記の作品以外は、中部電力株式会社発行「電気のこれからを考える『場』」Vol.1（二〇一二年六月）からVol.12（二〇一三年三月）に掲載されました。

美と酔狂に殉じたい——「正論」二〇〇〇年五月号
両極の意味——「家庭画報」二〇〇一年一月号
駅へ行くにも——「神戸新聞」二〇一三年九月五日
ないものを数えずに、あるものを数える——「PHP ほんとうの時代」二〇〇七年六月号
成功者になる方法——「神戸新聞」二〇一三年十月九日
老年の聖域——『老いの才覚』中国大陸版「まえがき」二〇一二年五月
笑い——「神戸新聞」二〇一三年十一月十二日
受けて与える——「子供にまなぶ家庭教育」二〇一一年四月
現世にない極刑——「オール讀物」二〇一三年一月号
「完全な公平」などない——「神戸新聞」二〇一三年十一月二十七日
好きで得意な道を——「 〃 」二〇一三年九月二十四日
私の違和感——「週刊現代」二〇一二年五月十九日
静寂を侵されない自由——「神戸新聞」二〇一三年十二月十二日
自殺志望者に　救うのは当人だけ——「諸君！」二〇〇六年九月号

休ませてあげたい――「神戸新聞」二〇一三年十月二十五日
春は筍、夏は鮎――「石垣」二〇〇八年四月号
庭木の教えるもの――「〃」二〇〇八年七月号
庭を楽に作る法――「〃」二〇〇八年十月号
月夜の大根畑――「〃」二〇〇九年一月号
私の「格闘技」――「逓信協会雑誌」二〇〇八年八月号
柔らかな時代――「オール讀物」二〇一〇年五月号
世も末――「〃」二〇一三年七月号
彗星の恋――「〃」二〇一四年一月号
自分の始末――「佼成」二〇一四年一月号
幼児化の潮流――「SAPIO」二〇一四年二月号
お坊ちゃま・お嬢ちゃま思考からの脱出――「MOKU」二〇〇八年一月号
日本人の内部崩壊――「日本教育」二〇一〇年一月号
律儀な職人国家への道――「文藝春秋SPECIAL」二〇〇八年五月　季刊夏号
人生の師としてのアフリカ――「AFRICA」二〇〇九年四月　Vol.49 No.2
踊るという生き方――「日本民謡協会会報」二〇〇九年三月　第三六二号
火宅の中から――「寺門興隆」二〇〇八年正月号
河岸の風景――「大望」二〇〇九年十一月号

曾野綾子（その　あやこ）

一九三一年、東京生まれ。聖心女子大学英文科卒業。七九年、ローマ法王庁よりヴァチカン有功十字勲章受章。八七年、『湖水誕生』で土木学会著作賞受賞。九三年、恩賜賞・日本芸術院賞受賞。九五年、日本放送協会放送文化賞受賞。九七年、海外邦人宣教者活動援助後援会代表として吉川英治文化賞ならびに読売国際協力賞受賞。二〇〇三年、文化功労者となる。一九九五年から二〇〇五年まで日本財団会長を務める。二〇一二年、菊池寛賞受賞。著書に『無名碑』『神の汚れた手』『天上の青』『夢に殉ず』『哀歌』『晩年の美学を求めて』『アバノの再会』『老いの才覚』『生活の中の愛国心』『人間の基本』『人生の収穫』『人生の旅路』『人生の原則』『生きる姿勢』『この世に恋して』『人間にとって成熟とは何か』『風通しのいい生き方』等多数。

酔狂に生きる

二〇一四年七月二〇日　初版印刷
二〇一四年七月三〇日　初版発行

著　者　曾野綾子
装　丁　坂川栄治＋永井亜矢子（坂川事務所）
発行者　小野寺優
発行所　株式会社　河出書房新社
東京都渋谷区千駄ヶ谷二―三二―二
電話　〇三―三四〇四―一二〇一（営業）
　　　〇三―三四〇四―八六一一（編集）
http://www.kawade.co.jp/

印刷・製本　中央精版印刷株式会社

ISBN978-4-309-02301-4
Printed in Japan